ERNA SASSEN

KOMM MIR NICHT ZU NAH

ERNA SASSEN

KOMM MIR NICHT ZU NAH

Aus dem Niederländischen von Rolf Erdorf

Verlag Freies Geistesleben

- EINS -

«Ich brauche ein neues Gebiss!»

«Reef, es ist mitten in der Nacht …»

«Das weiß ich, ich liege ja schon stundenlang wach. ICH HABE NOCH NICHT MAL DEN FÜHRERSCHEIN UND BRAUCHE SCHON EIN GEBISS!»

«Kronen, dachte ich.»

«Das ist genau dasselbe!»

«Aber das weißt du doch schon lange! Warum flippst du denn mit einem Mal so aus?»

Vor zwei Wochen ist ein Dokumentarfilm über junge Theaterschaffende im Fernsehen gelaufen, für den auch meine Schwester interviewt worden war. Sie sah sehr eigenartig aus. Als ob sie oben überhaupt keine Schneidezähne hätte. Selbst ihrer 92-jährigen Nachbarin war das aufgefallen, «… und die ist beinahe blind!»

Dem Zahnarzt zufolge, vor dessen Tür sie gleich nach der Sendung bis zum Morgen im Schlafsack genächtigt hatte, hat Reva ihre Zähne «aufgeknirscht», das heißt, durch Zähneknirschen im Schlaf ist ihr Gebiss an der Innenseite stark abgenutzt. Ihre Schneidezähne sind dadurch so dünn geworden, dass grelles Theater- oder Studiolicht durch sie hindurchleuchtet. Die einzige Möglichkeit, das zu beheben, ist laut Zahnarzt: *alle Elemente beschleifen und überkronen.*

«Ich bin viel zu jung für ein künstliches Gebiss!»

Da bin ich ganz ihrer Meinung, aber es zu bestätigen macht keinen Sinn, dann hängen wir beide nämlich noch bis zum Morgen jammernd am Telefon.

«Du hättest auch eines der Opfer des Feuers in dieser Volendamer Kneipe sein können», sage ich. Nicht sonderlich brillant, aber etwas anderes fällt mir so schnell nicht ein.

Sie muss kurz nachdenken. «Nein, unmöglich, dazu bin ich zu jung. Und ich gehe nie in Kneipen.»

«Aber du weißt, was ich meine.»

«Du meinst, noch schlimmer geht immer. Ich hätte auch ein Kindersoldat ohne Arme und Beine sein können. Vielen Dank!» Sie legt auf.

Als ich beinahe eingeschlafen bin, ruft sie wieder an. Diesmal weinend.

«Ich schäme mich so!»

«Warum?», frage ich möglichst ruhig. Sich aufzuregen ist zu diesem Zeitpunkt gefährlich. Aufregung, davon bekommt man einen Adrenalinkick. (Könnte ich auch gleich aufstehen und das Haus von oben bis unten sauber machen.) «Du kannst doch nichts dafür, dass du im Schlaf mit den Zähnen knirschst?»

Aber es ist auch nicht das, weswegen sie sich schämt.

Am Nachmittag war Reva bei dem «beratenden Zahnarzt» gewesen, einem, der die Krankenkasse bezüglich der Erstattung oder Nicht-Erstattung zahnärztlicher Leistungen berät. Der Mann hatte sie gefragt: «Haben Sie oft Metallgegenstände im Mund?»

Meine Schwester verstand die Frage nicht.

«Sie haben keinen Zahnschmelz mehr an der Innenseite ihrer oberen Zähne», erläuterte ihr der Arzt, «darum frage ich: Haben Sie oft Metallgegenstände im Mund? Schlüssel oder so?»

Reva musste zunächst lachen. Sie sah sich schon Bierflaschen mit den Backenzähnen öffnen.

«Oder trinken Sie sehr oft saure Getränke?»

Da klingelte es bei ihr. Oder sagen wir ruhig, der Alarm ging ab.

Widerwillig hatte sie erzählt, dass sie sich ziemlich oft übergab.

Der Arzt verzog keine Miene nach diesem Bekenntnis, sondern fragte nur: «Und putzen Sie sich danach sofort die Zähne?»

Ja, natürlich tat sie das immer unmittelbar danach! Dieses Sich-Übergeben war nämlich eine ziemlich eklige Angewohnheit, selbst ihrer Meinung nach.

Trotzdem hätte sie das besser unterlassen, stellte sich jetzt heraus, denn nach dem Genuss von Apfelsinen und nach dem Trinken oder Erbrechen saurer Flüssigkeiten wie Zitronensaft oder Magensäure ist es von großer Wichtigkeit, erst «dem Speichel die Gelegenheit zu geben, seine Reparaturarbeiten zu verrichten», ehe man sich die Zähne putzt. «Sonst putzen Sie die von der Säure bereits aufgeweichten Zähne noch weiter kaputt.»

Also darum ist meine Schwester so aus der Fassung.

Weil ihr klar geworden ist, dass sie dieses neue Gebiss mehr oder weniger sich selbst zu verdanken hat.

«Es ist eine Strafe Gottes», jammert sie.

«Ich habe gar nicht gewusst, dass du an Gott glaubst.»

«Tue ich normalerweise auch nicht. Nur in Fällen wie diesem.»

In den Straffällen also. Revas Gott ist offenbar ein strenger Geselle.

«Wofür hast du die Strafe denn verdient?», frage ich.

«Das sagt er nicht dazu. Aber so fühlt es sich an. Wie eine Strafe.»

«Das heißt, du und dein Schuldgefühl, ihr habt schon eine Ahnung, weswegen?», reite ich noch ein wenig darauf herum.

«Wegen Lug und Betrug.»

«Und wen betrügst du?»

«Dich und Mama.»

- ZWEI -

Reva ist anderthalb Jahre jünger als ich.

Sie raubt mir schon mein ganzes Leben lang den Schlaf.

Als sie noch klein war, tat sie das, indem sie wirklich alles mit einem Fragezeichen versah und zur Diskussion stellte.

Eine meiner frühesten Erinnerungen ist, dass sie, noch keine drei Jahre alt, lauthals durch ein volles Eisenbahnabteil trompetete: «War das jetzt Papa, der die Pfeffernüsse gestreut hat? Oder der Zwarte Piet?» Ich war schockiert. Hatte selbst die schwarze Hand gesehen. Welcher Idiot zweifelte denn am Nikolaus und seinem Knecht?

Später drehten sich ihre Fragen um Gott, den Tod und um andere schwere Themen, über die ich als Kind aus eigenem Antrieb nie nachdachte.

Heutzutage kommt sie in der Hauptsache telefonisch damit an, und vorzugsweise mitten in der Nacht.

Wenn meine Schwester müde ist, geht sie wie die meisten Menschen ins Bett, um zu schlafen. Nur schläft sie dann nicht. Denn wenn es dunkel ist und ruhig im Haus, wird Reva erst richtig wach. Dann fragt ihr Gehirn: «He, was soll das? Gibt es jetzt nichts mehr zu erleben?!», und dann denkt sie sich selbst etwas aus. Das heißt, dann entstehen in ihr die besten, aber oft auch die allerschlechtesten Ideen.

Mit den allerschlechtesten Ideen meine ich keine unbrauchbaren Theatertexte oder albernen Witze, über die man schon am nächsten Morgen nicht mehr lachen kann; wäre es nur so.

Mit *allerschlechtest* meine ich destruktiv. Negative, deprimierende Gedanken darüber, was sie alles falsch gemacht und Verkehrtes gesagt hat, was an ihrem Äußeren nicht stimmt und wer sie alles auf den Tod nicht ausstehen kann, und immer bringt sie sich damit selbst im Handumdrehen an den Rand des Abgrunds.

Und dann ruft sie mich an.

Oder vielleicht erst einen guten Freund oder eine gute Freundin, der oder die so vernünftig ist, nachts das Telefon auszuschalten, und anschließend mich.

Ich könnte mein Telefon nachts ja auch ausschalten.

Darüber habe ich oft nachgedacht.

Aber ich tue es nicht.

Es ist erst sieben Monate her, dass Reva aus der psychiatrischen Klinik entlassen wurde, wo man sie wegen einer akuten Psychose behandelt hat.

Ich glaube, sie hat mir jedes Mal, wenn ich sie dort besuchte, an den Kopf geworfen: «Du bist schuld, dass ich hier sitze!»

Zum Teil hatte sie damit recht.

Ich war seinerzeit dafür verantwortlich, dass die Krisennummer des sozialpsychiatrischen Diensts angerufen wurde, woraufhin jemand kam und ihr eine Spritze gab und man sie mit der Ambulanz weggefahren hat.

Allerdings war nicht ich daran schuld, dass das nötig war.

Lange Zeit habe ich gedacht, der DJ sei schuld gewesen.

- DREI -

Das «D» und das «J» in «DJ» sind zwar keine englischen Initialen, sie sollten aber so ausgesprochen werden, weil das nun mal besser klingt. Sie bedeuten aber nicht «Discjockey».

Der DJ war einer von Revas Dozenten während ihrer Ausbildung an der Schauspielschule. Er wurde eingestellt, als sie ihr zweites Jahr anfing. Er war ungefähr fünfzehn Jahre älter als Reva, hatte an derselben Schule die gleiche Ausbildung zum Bühnenkünstler und Theatermacher durchlaufen, danach eine Weile als Pianist gearbeitet und in Grundschulen unterrichtet.

Der DJ besitzt auch einen Namen, aber mir wird ganz schlecht, wenn ich den aussprechen oder aufschreiben soll.

Ich begegnete ihm das erste Mal bei einer *Etüde** meiner Schwester, und er war mir sofort zuwider. Auch durch die Geschichten, die ich mittlerweile über ihn gehört hatte.

«Warum nennst du ihn eigentlich immer den DJ?», fragte sie mich, nachdem ich das schon einige Monate tat.

«Weil er mir so zuwider ist», antwortete ich wahrheitsgemäß.

«Ist das nicht ein bisschen diskriminierend?»

* Etüde ist eine affige Bezeichnung für: selbst entwickelte Übungsvorstellung

«Absolut nicht. Wäre er ein Deutscher, dann hieße er der DD, und wäre er ein Türke, dann der DT.»

«Und wenn er Niederländer wäre?»

«DF für einen Friesen, DA für einen Amsterdamer, DS für einen aus Seeland, und so weiter.»

«Du hast also nichts gegen Juden im Allgemeinen?»

«Nein, nur gegen diesen speziellen.»

«Warum?», fragte sie, als ob sie die Antwort nicht wüsste.

«Deinetwegen.»

«Aber ich liebe ihn», sagte sie und guckte mich dabei an wie ein neugeborenes Rehkitz.

«Ja, aber du bist ja auch rückständig, wie wir wissen.»

Letzteres ist ein Scherz zwischen uns, seit Reva bei einer Beurteilungssitzung am Ende des ersten Jahres vom Direktor zu hören bekam, sie sei *emotional rückständig*. Ich weiß noch genau, wie und wann sie mir das erzählt hat und wie laut wir darüber gelacht haben.

«Und was bedeutet der Begriff ‹emotional rückständig› aus dem Mund eures Direktors?», fragte ich sie, als ich wieder reden konnte. Direktor V. war ein schweigsamer, in sich gekehrter Mann um die sechzig, ursprünglich Balletttänzer, dessen Unterrichtsfach das «gesungene Repertoire» war. Auf mich wirkte er wie ein ungehobelter Klotz, aber seine Studentinnen und Studenten waren vernarrt in ihn.

«Ich denke, er meint, dass ich keine Gefühle bei den Songs von Barbra Streisand rüberbringen kann, die er mich singen lässt.»

«Hast du überhaupt ein Gefühl bei Barbra Streisand?»

«Ja, und zwar Abneigung. Vielleicht bringe ich das rüber.»

Das erschien mir durchaus glaubhaft.

Schon seit ihrer frühesten Jugend kann niemand Reva

dazu bringen, etwas zu tun, was ihr nicht passt. Verlangt man etwas von ihr, was sie nicht mit ihrem Charakter oder mit den Anforderungen vereinbaren kann, die sie an sich stellt, kommt nichts dabei heraus. Reva kann nicht singen, wenn ihr ein Lied nicht gefällt, und sie kann auch nicht reden, wenn ein Text ihrer Meinung nach nichts taugt.

Die Sprachdozentin hatte es während der Sitzung nochmals im Beisein aller Dozenten und Studierenden vorgemacht: das Gesicht, das meine Schwester zieht, wenn sie eine Übung nicht machen oder einen Text nicht sprechen will. Und wie unbeugsam sie ihren Kiefer verkrampft! Das war ziemlich unklug von der Dozentin. Nach den großen Ferien bat Reva unter Angabe einiger sehr guter Gründe um Versetzung zu einem anderen Sprachdozenten, und die ganze Klasse sprang bei ihr «mit auf», wie das im Gruppentherapie-Jargon heißt. (Alle profitieren gratis und anonym von der Tatsache mit, dass eine Person sich aus dem Fenster hängt und Farbe bekennt.) Abgang der Sprachdozentin.

Reva wurde auf Probe ins zweite Jahr versetzt. Das hatte sie dem DJ zu verdanken, der vielversprechenden neuen Lehrkraft an der Schule. Er würde sich auf die emotionale Rückständigkeit stürzen.

Im Gegensatz zu mir fuhr meine Schwester gleich in dem Moment, als sie ihm zum ersten Mal die Hand gab und in die Augen blickte, voll auf den DJ ab.

«Aber Reef, worauf denn nur?», fragte ich sie erstaunt. «Auf seine dicke Wampe?»

Nein, sondern auf den DJ «als Ganzes».

Sie fuhr ab auf seine Augen, seine Stimme, seine Hände,

sein jungenhaftes, schelmisches Lächeln und vor allem auf seinen Humor. «Man kann ja so mit ihm lachen!», gurrte sie.

«Und er hat schon eine Freundin, nehme ich an?», fragte ich boshaft.

Ja. Er war verheiratet. Aber für meine Schwester war das nie ein Hindernis, sondern im Gegenteil eher eine Empfehlung, sich in jemanden zu verlieben.

Der DJ dozierte das Fach «gesprochenes Repertoire». Er nahm seine Aufgabe sehr ernst.

Aufgrund ihrer Rückständigkeit brauchte meine Schwester natürlich Privatstunden, die er ihr vorzugsweise abends gab, von halb elf bis halb zwölf, wenn in dem Schulgebäude weit und breit keine Menschenseele mehr war.

Ich bekam kein sehr genaues Bild davon, was sie von ihm lernte, obwohl sie mir alles bis ins Detail erzählte.

So musste sie beispielsweise den Text von *La chanson des vieux amants* von Jacques Brel aufsagen, und dann gab er ihr Anweisungen wie: «Sag es einfach zu mir!»

Ich versuchte, es mir vorzustellen.

Mais mon amour
Mon doux mon tendre mon merveilleux amour
De l'aube claire jusqu'à la fin du jour
Je t'aime encore, tu sais, je t'aime

Um elf Uhr abends in einem verlassenen Schulgebäude zu einem Dozenten, in den du verliebt bist.

Während sie ein Gedicht von Simon Carmiggelt vortrug, legte er sich rücklings auf den Boden und forderte sie auf: «Du darfst alles mit mir machen!»

Später werden wir als Paar
spazieren hier durch Amsterdam,
trinken süße Milch mit Rahm,
streichen uns durchs graue Haar.

Siehst du uns zusammen gehen,
ganz gemächlich, so als Paar,
ich ein altes Weib fürwahr,
du noch rüstig, das wär schön.

«Du musst es schon ernst meinen!», rief er in all seiner Weisheit ab und zu dazwischen.

Ja, genauso wird das gehn,
und wir sterben ganz gemach
im März, an einem Donnerstag,
und zugleich, das wäre schön.

Ein Gedicht, das kein Mensch laut aufsagen kann, ohne davon tagelang außer Fassung zu geraten. Selbst wenn er *nicht* einsam und fürchterlich unsicher ist.

Um elf Uhr abends.

Und ernst meinen sollte sie es auch noch.

«Aber Reef, was machst du dann, wenn er dir so bescheuerte Aufträge gibt?», fragte ich sie.

«Ja … nichts. Ich weiß nicht, was ich machen soll. Ich schäme mich tot. Ich wage nicht, ihn anzusehen, und schäme mich tot. Eigentlich schon, wenn ich in die Stunde gehe.»

«Also, er legt sich auf den Rücken. Und dann?»

«Nichts! Na ja, ich setze mich so hin, dass er mich nicht sehen kann, mit dem Rücken zu ihm. Und dann spreche ich den Text, aber ich finde es fürchterlich und es klappt auch überhaupt nicht, am liebsten würde ich im Erdboden versinken. Und einmal habe ich sein Haar berührt. Er hat sehr schönes, weiches, schwarzes Haar.»

«Und dann?»

«Ja … nichts. Ich weiß nichts mehr zu sagen, und dann ist es eine Weile still. Und dann werde ich ganz trübsinnig.»

«Und weiter?»

«Na … wenn es wirklich zu peinlich wird, steht er wieder auf und erzählt irgendwas. Eine lustige Geschichte über seine eigene Zeit hier an der Schule und was *er* alles nicht gekonnt hat, und damit bringt er mich immer zum Lachen. Oder er spielt etwas auf dem Klavier.»

Das erinnert mich an den unheimlichen Pädophilen, der in letzter Zeit ausführlich in den Nachrichten war. Der hat seine Opfer hinterher auch immer getröstet.

Und jetzt weiß ich plötzlich, was sie von ihm gelernt hat.

Sie hat gelernt, sich ihm zu unterwerfen.

Der DJ erteilte Lektionen in Demut.

– VIER –

Reva schien das «Urteil» des Direktors (die emotionale Rückständigkeit) zwar nicht ganz ernst zu nehmen, aber zu ihrem ohnehin schon geringen Selbstwertgefühl trug es auch nicht gerade bei; im Gegenteil.

Ihre Klassenkameraden hatten keinen Rückstand. Sie verglich sich fortwährend mit ihnen, oder wahrscheinlich muss ich sagen: mit dem Bild, das sie von ihnen hatte.

«K. besucht alle Lehrveranstaltungen, die man nur besuchen kann!», meldete sie mir weinend, als sie gerade mit ihrem zweiten Jahr angefangen hatte.

«Ja …?»

«Das bedeutet, dass sie fünf Tage die Woche von neun Uhr morgens bis zehn Uhr abends in der Schule ist. Und dann hat sie auch noch Zeit, zu Hause ihre Texte zu lernen und Songs zu schreiben.»

«Ja …?»

«Ich gehe nur in die Veranstaltungen, die vorgeschrieben sind. Wenn ich nach Hause komme, bin ich kaputt. Dann falle ich erst mal für eine Stunde aufs Sofa und starre vor mich hin, und hinterher gehe ich ins Bett. Ich habe *nie* Zeit, Songs zu schreiben. Ich bin ein Loser!»

Dass K. einen ganz anderen Charakter besaß und viel mehr Energie und dass sie in ihrem Eifer vielleicht etwas zu weit ging, wäre Reva nie eingefallen. Wenn man an der

Schauspielschule war und sich irgendwann einen Platz als Schauspielerin erobern wollte, dann musste man in ihren Augen mindestens so fanatisch sein wie K.

«Und einen Freund hat sie außerdem!»

«Du meinst: Dafür findet sie auch noch Zeit?»

Ja. Das meinte sie. Und außerdem, dass K. nicht nur die beste und ambitionierteste Schülerin der Klasse war, sondern auch noch bildschön und ein ganzes Stück attraktiver als sie selbst.

Seit ihrer Pubertät hat meine Schwester eine fixe Idee, was ihr Äußeres angeht. Obwohl sie sehr normal aussieht, nicht übertrieben hübsch, aber auch keineswegs hässlich, und eine gute Figur hat, schämt sie sich für fast jeden Teil ihres Körpers: Gesicht, Brüste, Beine, Füße. Wenn es Sommer wird, macht sie sich nächtelang mit ihrer «Bikini-Angst» verrückt. Seit Jahren schon versteckt sie sich hinter einem viel zu langen Pony, was ihr von den Dozenten der Schauspielschule immer den gleichen Kommentar einbrachte: «Das Haar muss weg, wir können deine Augen nicht sehen.»

Aber genau darum ging es ja. Dass niemand in ihren Augen diese alles beherrschende Scham sehen konnte. Scham wegen viel mehr als nur ihrem Äußeren.

Kein Wunder also, dass der DJ von meiner Schwester mit offenen Armen empfangen wurde. Der rechte Mann im rechten Augenblick.

Er spielte Klavier für sie und sang dazu witzige, selbst geschriebene Kinderlieder. Er hatte wunderbare Augen, Sinn für Humor und ein sehr anziehendes, herausforderndes Lachen.

Und er «sorgte» für sie, auch nicht unwichtig. Sorgen im Sinne von: wissen, was für den anderen gut ist. Der DJ erwies sich als Experte an allen Fronten. Er sagte Reva, welches Repertoire sie singen und mit welchen Dozenten sie arbeiten sollte, welche Filme und Vorstellungen sich lohnten, wie sie sich kleiden und dass sie mehr Make-up verwenden sollte; er suchte selbst die Geschäfte aus, in denen sie ihre frische (!) Pasta und die beste italienische Wurst von Amsterdam kaufen konnte.

Und sie befolgte alles, ausgenommen das mit dem Make-up.

Ich warnte sie: «Er taugt nichts», aber das war ein Euphemismus. Ich dachte: Er ist ein Sadist. Der DJ hatte zu Hause eine wunderbare, erfolgreiche Frau. Was wollte so ein Mann mit meiner Schwester?

Nicht dass ich nicht an Reva geglaubt hätte. Sie war ein gescheites Mädchen und hatte auch wirklich was zu bieten, aber von außen sah man ihr das nicht an. Und diese Schule kitzelte es offenbar nicht aus ihr heraus.

Lektionen in Demut.

Sie war eine so leichte Beute.

- FÜNF -

Es stimmt nicht ganz, dass Reva an der Schauspielschule nie zeigte, was in ihr steckte. Irgendwann im zweiten Jahr gab sie eine selbst kreierte halbstündige Vorstellung, mit der sie «Freund und Feind» überraschte.

Nach dem «Urteil» hatte sie sich vorgenommen, nie mehr eine Bühne zu betreten, außer sie selbst durfte entscheiden, wie und mit welchem Material. Aus diesem Vorsatz heraus war die Idee für ihre erste «Etüde» entstanden.

Sie baute sich auf der Bühne eine Art Bunker aus Pappkartons, in den sie sich zurückziehen konnte, wenn es ihr «nicht gefiel». Womit sie meinte: Wenn ich Angst vor dem Publikum bekomme, kann ich einfach von meinem Unterschlupf aus weiterspielen.

«Hast du oft Angst vor deinem Publikum?», fragte ich sie.

«Hier in der Schule schon, ja.»

«Warum?»

«Weil du die ganze Zeit beurteilt wirst. Niemand kommt einfach zum Spaß und schaut dir zu.»

Für den Titel des Projekts verwendete sie einen Männernamen, *Giovanni*, das italienische Äquivalent des Vornamens unseres Vaters, der verrückterweise in der ganzen Geschichte weiter nicht vorkam. (Oder mir ist irgendwas entgangen.) Es handelte von allem Möglichen: einer verlorenen Liebe, dem Tod eines Nachbarmädchens und davon, nicht zu wissen, wie man sich seinen Platz in der Welt erobert. Aber vor allem handelte es von den Dingen, die ungenannt blieben. Wie sie selbst immer sagte: «Wenn du jemanden kennenlernen willst, dann höre nicht auf das, was er sagt, sondern schau, was er tut.»

Es war das erste Mal, seit Reva diese Schule besuchte, dass ich mir eine ihrer Vorstellungen anschaute und endlich meine Schwester zu sehen bekam. Die Schwester, die ich von früher kannte. Mit ihren komplizierten Fragen, auf die keine Antwort möglich ist, und ihrer beißenden Kritik an allem und jedem. Die ganzen Male davor hatte ich einer leblosen Marionette zugeschaut, aber jetzt sah ich Reva: eine junge Frau, die es nötig hatte, sich zu verstecken.

Und ich sah ihre Trauer. Zum ersten Mal. Verpackt in wütende Texte und unverständliche italienische Lieder.

Ich verstand zu dem Zeitpunkt nicht so recht, woher diese Trauer kam.

Aber als ich später darüber nachdachte, wurde mir klar, dass sie eigentlich schon immer dagewesen ist. Unter der Oberfläche. Sicher seit der weiterführenden Schule.

Ich erinnere mich, dass einer ihrer Mitschüler, der kleine Bruder einer meiner Freundinnen, mich einmal gefragt hat, ob meine Schwester ADHS hätte. Oder eigentlich war es keine Frage, sondern eine Mitteilung. «Deine Schwester, die hat doch ADHS im Quadrat, oder?!» Er erzählte von den Scherzen und fröhlichen Streichen, die Reva auf Lager hatte. Und dass sie mit großer Regelmäßigkeit aus der Klasse geschickt werde, weil sie immer das große Wort führe und dadurch ein gigantischer Störenfried sei.

Ich dachte, er hätte sich getäuscht.

Hätte eine andere gemeint.

Zu Hause hatte Reva kein ADHS. Im Gegenteil. Zu Hause saß sie stundenlang in einem Sessel und starrte vor sich hin. Oder las faustdicke Romane von Louis Couperus und Gerard Reve. Oder spielte allein in ihrem Dachbodenzimmer Gitarre und sang dazu schauderhaft deprimierende Songs. (Leonard Cohen u. dgl.) (Das sagt wohl genug.)

Von ADHS konnte allenfalls am Dienstagabend die Rede sein, dem festen Tennisabend unseres Vaters.

Sobald er sich aus dem Staub gemacht hatte, rastete die ganze Familie aus. Unsere Brüder hoben uns an den Füßen hoch und kitzelten uns bis zum Abwinken, und wir kreischten und lachten und machten Lärm für die ganze Woche. Wir wurden erst wieder ruhig, wenn er ein paar Stunden später nach Hause kam und «GEHT ES AUCH ETWAS LEISER?!» brüllte, um anschließend den Fernseher auf volle Lautstärke zu drehen. Selbst unsere Mutter hatte am Dienstagabend ADHS, also das besagt nichts.

Offenbar benahm sich meine Schwester in der Öffentlichkeit anders als zu Hause.

Das tut sie übrigens immer noch. Sie ist ein gern gesehener Gast auf Festen und Partys; etwas, worauf man wirklich nicht käme, wenn man sie in ihrem Pyjama auf meiner Couch herumhängen sieht.

Wenn mich jetzt jemand fragt, ob Reva ADHS hat, dann antworte ich: «Nur, wenn sie fröhlich ist.» Um gleich in Gedanken hinzuzufügen: Aber das ist sie nie.

Ich zumindest erlebe es nicht.

Übrigens habe ich einen fürchterlichen Riesen-Widerwillen gegen den Begriff ADHS. Niemand weiß genau, was es bedeutet, aber jeder, der ein bisschen hektisch und schnell überreizt ist, wird sofort dessen beschuldigt.

Unser Vater nannte es immer «nervös».

Das muntert einen auch so richtig auf, wenn man das immer zu hören bekommt. «Sei doch nicht so nervös!», war seine Art, uns zur Ordnung zu rufen, wenn wir fröhlich (und ein bisschen hektisch) miteinander redeten und lachten.

In Wirklichkeit machte unser Lärm wahrscheinlich nur ihn nervös, aber ich habe jahrelang unsere Fröhlichkeit mit Nervosität verwechselt. Und geglaubt, wir vier wären ein Haufen Neurotiker.

- SECHS -

«Ich muss in Therapie.»

Es ist anderthalb Wochen nach dem Panikanruf wegen der neuen Zähne.

«Gute Idee», sage ich wenig begeistert.

Ich stehe nicht so auf Psychiater und Psychologen. Das kommt unter anderem dadurch, dass unser Vater, schon seit ich denken kann, zu einem Psychiater geht, der ihm in all der Zeit nicht die Bohne geholfen hat.

Es ist eher umgekehrt. Unser Vater hilft dem Psychiater. Indem er ihm zu Geld verhilft.

«Wer sagt denn, du sollst in Therapie?», frage ich. Ich gebe mir Mühe, mich interessiert zu zeigen; eigentlich bin ich müde und will ins Bett. Vincent schläft schon, aber ich musste mal wieder unbedingt den Schluss von *Cold Case* sehen und bereue es jetzt.

«Der Zahnarzt.»

«Uff. Kümmert der sich mittlerweile auch schon um deine geistige Gesundheit?»

Nein, tut er nicht. Logisch, dazu ist ein Zahnarzt ja auch nicht da. Aber er hatte den Bericht des Versicherungsarztes erhalten, und darin steht, dass Revas Kronen ganz von der Versicherung übernommen werden, weil sie eine *medizinische Indikation* hat.

Reva hatte den Zahnarzt gefragt, was die medizinische

Indikation beinhaltete. Er hatte es ihr vorgelesen. Neben «Patientin vomiert oft», las er vor: «leidet an einer Essstörung».

Ich muss lachen. Reva auch. Zusammen lachen wir über ihre angebliche Essstörung, die ihr ein paar tausend Euro einbringen wird.

«Ein paar tausend Euro?», wundere ich mich auf einmal.

«Äh ... ja. Insgesamt fast zehntausend ...»

Für eine Weile bleibt es still.

«Ja, sag es schon!», ruft sie plötzlich wütend.

«Was soll ich sagen?»

«Dass es eine Schande ist, wenn die Versicherung zehntausend Euro für die Renovierung von Zähnen bezahlt, die ich selbst zielbewusst ruiniert habe!»

Ich weiß nicht so recht.

Zielbewusst ruiniert ... es so zu sagen, geht natürlich viel zu weit, aber ihr zu widersprechen ist zwecklos. Wenn Reva meint, sie müsste verurteilt werden, dann wird dieses Urteil auch kommen. Am liebsten aus dem Mund eines oder einer Außenstehenden. Und am allerliebsten einer, mit der sie sich zu streiten traut. Das heißt, aus meinem. Oder dem unserer Mutter. Offenbar ist es leichter für sie, böse auf uns zu sein, als traurig über sich selbst.

«Du weißt, dass ich dieses Spiel nicht mitmache, ja?», frage ich.

«Du denkst es aber trotzdem! Du traust dich bloß nicht, es zu sagen!», schreit sie.

«Ich traue mich, alles zu sagen. Aber ich mache bei deinen Inszenierungen nicht mit. Ich spiele keine Rollen, die du dir ausgedacht hast. *Du* denkst das. *Du* bist der Meinung, du müsstest dich schämen. *Du* findest, du bist die zehntausend Euro nicht wert!»

Jetzt habe ich sie zum Weinen gebracht.

«Und was findest du?», piepst sie.

«Und wenn es hunderttausend Euro wären. Und wenn ich sie selbst bezahlen müsste …»

Jetzt weint sie noch lauter. Während ich natürlich einfach lüge. Wenn ich hunderttausend Euro hätte, würde ich sie bestimmt nicht für die neuen Zähne meines Schwesterleins ausgeben.

Außer …

Immer dieses *außer*.

Außer sie wäre ohne sie so verzweifelt, dass ich um ihr Leben fürchten müsste, meine ich.

Wenn ich damit verhindern kann, dass sie sich selbst etwas antut, dann bekommt sie alles.

Alles, was ich habe.

Alles, was ich bin.

Eine Essstörung.

So habe ich es ehrlich gesagt noch nie betrachtet. Ich denke nie in Begriffen wie «krank» oder «gestört» an meine Schwester. Jedenfalls nicht ernsthaft. Obwohl ich mir regelmäßig Sorgen um sie mache.

Und vor allem: gemacht *habe*.

- SIEBEN -

Obwohl sie in der Schule einen Preis für ihre Etüde *Giovanni* erhalten hatte und plötzlich niemand mehr etwas von einem wie auch immer gearteten Rückstand erwähnte und obwohl ihr der DJ eine Praktikumsstelle in einem zukünftigen, von ihm zu inszenierenden Theaterstück mit seiner eigenen Frau in der Hauptrolle anbot, ging es Reva nicht gut.

Es schien, als ob sie den Mut sinken ließ.

Sie aß nicht mehr. Und sie rief nicht mehr an.

Innerhalb weniger Monate nahm sie erschreckend ab, und ihr Telefon war immer ausgeschaltet. Wollte ich sie sprechen, musste ich sie zu Hause und zu einem Zeitpunkt überfallen, wenn ihr Mitbewohner und Klassenkamerad P. da war, um mir die Tür zu öffnen. Das war meistens erst gegen zehn Uhr abends, wenn Reva längst im Bett lag, denn auch P. hatte ein intensives Unterrichtsprogramm.

Ich versuchte, ungefähr zweimal pro Woche einen solchen Überfall hinzubekommen, rein um zu kontrollieren, ob sie auch gut genug für sich sorgte. Meist hatte ich etwas zu essen dabei, Butterbrote mit Käse und roter Paprika, wofür sie früher einen Mord begangen hätte, oder eine eigens für sie zusammengeschusterte Mahlzeit, und zwang sie, diese vor meinen Augen aufzuessen. Meine Schwester sagte von sich aus kein Wort und antwortete erst auf meine Fragen, wenn ich ihr die Bettdecke wegzog und mich weigerte, sie ihr zurückzugeben. Hatte ich erfahren, was ich wissen wollte (etwa, ob sie zur Schule gewesen war, ob sie auch von sich aus mal etwas aß und ob sie am Wochenende noch etwas vorhatte), bekam sie ihre Bettdecke wieder und ich ging nach Hause.

Ich machte mir nicht weis, dass diese Aktionen einen Nutzen hatten, aber wenigstens gaben sie mir das Gefühl, alledem nicht tatenlos zuzusehen. Zur Sicherheit hatte ich P. auf das Grab seines Hundes schwören lassen, dass er mich sofort anrufen würde, wenn er vermutete, dass es ihr schlecht ging.

P. war ein unglaublich feiner, netter Bursche, der irgendwie ganz verrückt nach meiner Schwester war. Ich habe ihr ich weiß nicht wie oft geraten, sie beinahe angefleht, doch was mit ihm anzufangen.

Aber Reva steht nicht auf Männer, die sie lieben.

Reva steht auf Männer, die sie sexuell attraktiv finden und sie durchaus eine Weile dementsprechend benutzen wollen. Wobei ihr nicht klar ist, dass solche Männer mindestens die Hälfte der weiblichen Weltbevölkerung sexuell attraktiv genug finden, um sie eine Weile zu benutzen.

Dass Sex solchen Männern nichts bedeutet.

(Meine Schwester denkt, Sex wäre eine Form von Liebe. Mehr noch: Sie denkt, es wäre die ultimative Liebesform.)

Darum wunderte es mich einigermaßen, dass ich noch immer keine begeisterten Berichte über die phänomenalen und außergewöhnlichen Bettleistungen des DJs zu hören bekam.

Denn ich ging davon aus, dass es ihm um Sex zu tun war. Ich konnte mir nicht vorstellen, worauf sein einschüchterndes Verhalten sonst abzielte.

Schließlich kamen sie doch, die Berichte, wenn auch sehr summarisch.

Ich entnahm ihnen, dass Reva einige Male Sex mit ihm gehabt hatte und dass es keineswegs phänomenal gewesen war, sondern in erster Linie hastig und unbehaglich, und an unbequemen Orten wie draußen im Park bei Temperaturen um den Gefrierpunkt, aus Angst vor der Frau des DJs.

«Aber ihr könnt doch auch einfach in dein Zimmer?», fragte ich sie. «Da ist diese Frau doch nicht?»

Ja ... das ginge zwar, aber das wollte der DJ nicht so recht, er befürchtete nämlich, dem Mitbewohner und Klassenkameraden im Badezimmer zu begegnen. «Und das führt natürlich zu Gerede ...»

Ich bekam den Eindruck, dass der DJ insgesamt nicht so recht «wollte», und das erstaunte mich zutiefst.

«Ist er impotent oder was?», stichelte ich.

Nein, das sei er nicht, aber er liebe seine Frau aufs Innigste und wolle seine Ehe nicht aufs Spiel setzen; so in etwa.

Ich glaubte ihm einen Dreck. Wenn jemand seine Ehe nicht aufs Spiel setzen will, dann erlaubt er sich nicht ein derartiges grenzüberschreitendes Verhalten, wie es der DJ meiner Schwester gegenüber an den Tag legte.

Ich tippte vorläufig auf Impotenz.

Ich war davon überzeugt, dass Revas Zusammenbruch mit ihm zusammenhing. Und meiner Meinung nach war der DJ selbst auch davon überzeugt. Jedenfalls machte es ihn ziemlich nervös, und er versuchte, sie mithilfe sinnloser Ratschläge zur Vernunft zu bringen. Zum Beispiel, dass sie Schlagsahne essen sollte, um zuzunehmen. Als ob meine Schwester nicht alle Kalorientabellen der Welt auswendig kannte.

Vielleicht tat sie es ja, um seine Aufmerksamkeit zu erregen. Nicht essen. Und spindeldürr werden.

Wie auch immer, kurz vor den großen Ferien am Ende des zweiten Jahres wurden Reva und ich zum DJ vorgeladen.

Sie rief mich mitten in der Nacht an. Ich bekam einen Mordsschreck. Dachte, es wäre der Mitbewohner mit einer Unheilsbotschaft.

«Wir müssen nach Korfu», sagte sie mit einer Grabesstimme.

«Wer sagt das?», fragte ich, als mein Herz wieder funktionierte.

«Der DJ. Du und ich.»

«Und will er es auch bezahlen?» Ich war platt. Was gingen dieses Ekel unsere Ferien an?

«Wir dürfen uns sein Zelt leihen. Er sagt, ich bräuchte Urlaub. Und Ruhe. Und du sollst mitkommen zu einem Gespräch.»

Zwei Tage später saßen meine Schwester und ich beim DJ und dessen Frau in ihrem hippen Apartment in Amsterdam-Zuid und tranken Tee.

Ich hatte Reva versprochen, nicht unhöflich zu sein und die Ahnungslose zu mimen (bezüglich der Ehefrau). Das kostete mich gar nicht mal so viel Mühe, denn die Frau war nett und ich empfand nicht das geringste Bedürfnis, sie mit spitzen Bemerkungen über ihren Mann unglücklich zu machen. Sie hatte im Feinkostladen leckere Snacks für uns besorgt und liebte Korfu ebenfalls. Sie überreichte uns eine Liste mit Adressen von netten Restaurants und Campingplätzen, und der DJ beriet uns bezüglich Fluggesellschaften, Versicherungen und Reiseapotheke.

Es wurde fast noch gemütlich, aber dafür dauerte es zum

Glück nicht lange genug, denn Reva hatte in dieser Zeit eine ultrakurze Aufmerksamkeitsspanne; nach einer halben Stunde brachte sie kein Wort mehr hervor, wurde fahlgrau im Gesicht und schien jeden Moment einen epileptischen Anfall bekommen zu können.

Auf Anraten des Ehegatten nahmen wir ein Taxi zu ihr nach Hause.

Ich war etwas besorgt, obwohl ich mittlerweile einiges von anderweitigen sozialen Verpflichtungen gewohnt war, denen sich Reva nicht entziehen konnte und zu denen sie mich mitschleppte.

«Nein, nein, es geht schon, ich bin einfach nur müde», versicherte sie mir.

«Wovon denn das?», fragte ich. «Du hast den ganzen Tag im Bett gelegen.»

«Anspannung macht mich immer sehr müde.»

«Welche Anspannung?»

Das war eine dumme Frage. Ich konnte mir durchaus vorstellen, wie es sich für sie anfühlen musste, bei dem Mann, in den sie ihre ganze Hoffnung gesetzt hatte, und dessen Lebensgefährtin zu Besuch zu sein.

«Hast du gesehen, dass er auch sehr lieb und fürsorglich ist?», druckste sie, als wir uns voneinander verabschiedeten.

Nein, hatte ich nicht. Sondern hauptsächlich, dass der DJ ein Schauspieler war und darin geübt, seinen unverkennbaren Schatz an Charme und Charisma zu seinen Gunsten einzusetzen. Meine Schwester und ich sollten seiner Ansicht nach zwei Wochen «in die Sonne» – oder besser noch drei, falls das finanziell möglich war –, und ich sollte sie wieder hinbiegen, damit sie sich nach dem Urlaub voll frischer Energie in die Proben zu seinem Theaterstück stürzen konnte.

Aber ich sah auch, warum er für sie so anziehend war. So sehr anziehend, dass sie ohne seine Aufmerksamkeit dahinsiechte.

Er tat sehr väterlich.

- ACHT -

Niemand fragte mich, ob ich überhaupt Lust hatte, mit meiner Schwester nach Korfu zu fahren. Außer Vincent, mit dem ich zusammenwohne, seit ich siebzehn bin.

Nur drückte er es anders aus, weil er sehr gut verstand, dass es mit «Lust» nichts zu tun hatte.

Ob ich es mir denn zutraute, fragte er.

Ich war mir nicht sicher.

Der DJ hatte insoweit recht, als etwas geschehen musste. Reva war so depressiv wie nur irgendwas. Aber war es vernünftig, mit ihr auf eine griechische Insel zu fliegen? Ich persönlich wäre lieber hier im Land geblieben, wegen eventueller Probleme. Dann hätte ich sie nötigenfalls innerhalb von zwei Stunden von überall nach Hause bringen können.

Aber ja, die Sonne …

Dafür sprach vielleicht auch einiges.

Es wurde Paros. Auch griechisch. Und auch eine Insel.

Ich brachte es nicht über mich, haargenau das zu tun, was der DJ uns aufgetragen hatte. Im Gegensatz zu meiner Schwester hatte ich ein großes eigenes Mitsprachebedürfnis.

Die erste Nacht verbrachten wir in Erwartung unseres Schiffs zwischen den Ratten im Hafen von Piräus. Habe den DJ verflucht. Reva regte sich über gar nichts auf, das überließ sie mir.

Auf dem Schiff lernten wir zu meiner großen Erleichterung ein niederländisches Paar in unserem Alter kennen, mit dem wir den restlichen Urlaub hindurch Kontakt hatten; zwar sehr gegen Revas Willen, aber Reva konnte mich mal. Ich trug die gesamte Verantwortung für uns beide, und mir allein war das viel zu schwer.

Paros war wunderbar. Wir zelteten zu viert am Strand, liefen morgens aus dem Bett direkt ins Meer, hundert Meter von unseren Zelten entfernt gab es eine winzige Imbissbar, in der wir für wenig Geld frühstücken und zu Mittag und Abend essen konnten, und regnen tat es nie.

Das Zelt des DJs ließ sich unmöglich straff spannen, und egal wie man sich hineinlegte, der Länge oder der Breite nach oder auch quer, immer lag man mit dem Kopf in der Zeltplane. Was uns neben den naheliegenden Wutausbrüchen auch einige Male einen Lachanfall einbrachte, wofür ich dem DJ heimlich dankbar war. Denn Lachen war etwas, das meine Schwester verlernt zu haben schien.

Zwei Wochen lang folgte mir Reva auf dem Fuß. Sie tat alles, was ich tat. Las ich ein Buch, versuchte sie, auch eins zu lesen; hatte ich keine Lust, mir die Haare zu waschen, wusch sie ihre auch nicht; sie zwang sich, genauso lange in der Sonne zu liegen wie ich, was zu großer Frustration führte, denn Sonnenbäder waren ihr zuwider, aber je brauner ich wurde, desto käsiger nahm sie sich dagegen aus, also «musste!» sie halt; und alles, was ich aß, aß sie auch.

Beim Mittagessen führten wir immer den gleichen Dialog.

R.: «Was nimmst du?»

Ich: «Ich nehme einen griechischen Salat.»

R.: «Ich auch.»

Ich: «Mit oder ohne Olivenöl?»

R.: «Was machst du?»

Ich: «Ich bestelle ihn ohne, und dann nehme ich gleich selbst ein bisschen aus der Flasche, die auf dem Tisch steht.»

R.: «Ja, gut.»

Obwohl ich vermutete, dass sie den sicher wichtigen Grund für ihr Verhalten lieber unbenannt ließ, war ich zu neugierig, um nicht nachzufragen.

«Warum machst du mir immer alles nach?», wollte ich von ihr wissen, als wir einmal zu zweit in unserem Lieblingsimbiss saßen.

Sie brauchte keine Sekunde zu überlegen.

«Dann bin ich sicher.»

«Sicher?»

«Ich esse genau das, was du isst, denn du bist richtig.»

Und mit «richtig» meinte sie: nicht zu dick und nicht zu dünn. Offenbar dachte sie, ich meinte lediglich ihr Essverhalten.

Ich fragte nicht weiter. Es nervte mich zwar ab und zu, aber es störte mich doch nicht so sehr, dass sie mich imitierte, als ob ihr Leben davon abhing.

- NEUN -

«Mir sind alle nackten Füße zuwider, außer deine und die vom DJ. Ihr habt nette Füße, die einen sympathischen Eindruck machen.»

«Und deine eigenen?»

«Die hasse ich.»

War ich vorgestern Nacht noch leise erstaunt, dass meine Schwester «eine Therapie machen» soll, denke ich jetzt: Wie plemplem muss man sein, dass einem *alle nackten Füße zuwider* sind???

«Warum meint der Zahnarzt eigentlich, du sollst eine Therapie machen?», frage ich. Mich interessiert aufrichtig, ob sie bei ihm auch solchen Unsinn faselt.

Ein tiefes Seufzen vom anderen Ende der Leitung.

«Der Zahnarzt will erst mit den Kronen anfangen, wenn ich aufgehört habe zu kotzen», sagt sie schließlich.

«Aber das ging doch schon ganz gut?»

«Hm ... ja ...»

«Tust du es noch immer?»

«Hm ...»

Sie tut es noch immer.

Und zwar so sehr – oder vielleicht muss ich sagen: so zwanghaft –, dass sie nicht von allein damit aufhören kann.

Hat sie versucht.

Geht nicht.

Logisch, meinte der Zahnarzt. Eine sechs Jahre alte Gewohnheit wirft man nicht so einfach über Bord.

«Sechs Jahre?», frage ich erstaunt. «Du meinst doch nicht sechs Jahre lang, tagtäglich?»

Doch. Genau das meint sie. Sechs Jahre lang jeden Tag mindestens ein Mal, und zwar abends direkt vor dem Zubettgehen, wenn ihr Magen leer sein *muss*, weil sie sonst nicht schlafen kann (daher auch das ganze Elend mit der Magensäure und den Zähnen). Aber oft auch fünfzehn bis zwanzig Mal an einem Tag.

«Fünfzehn Mal? Dann ist dein Magen doch längst leer», frage ich schafsköpfig. Ich versuche, möglichst ruhig zu reden und nicht zu verraten, dass alles, was sie mir erzählt, für mich längst nicht so selbstverständlich ist wie für sie. Zum Glück sitzt sie mir nicht live gegenüber und ich brauche sie nicht anzusehen.

Wenn sie sich fünfzehn Mal an einem Tag übergeben muss, hängt das meistens mit einer Serie von Essattacken zusammen. Und nach einer Essattacke übergibt sie sich mindestens drei Mal. Um sicher zu sein, dass alles weg ist.

«Und wie machst du das denn beim dritten Mal?»

«Einfach indem ich viel Wasser trinke, damit bekommt man auch die letzten Reste raus», sagt sie recht unbekümmert. «Oder Milch, das ist etwas angenehmer vom Gefühl.»

Schön zu wissen.

Mich schaudert es schon bei dem Gedanken daran.

«Aber warum kannst du es an manchen Tagen bei einem Mal belassen und an anderen Tagen nicht?» Es ist mir wirklich schleierhaft.

Bei einem Mal lassen kann sie es an Tagen, die für sie wichtig sind. Und zwar dann, wenn sie abends eine Vorstellung hat. Da *muss* sie einfach gut für sich sorgen (sprich:

essen), weil sie es sich nicht leisten kann, in Ohnmacht zu fallen oder zu «shaken».

«Und wann shakst du?», frage ich.

Man shakt beispielsweise, wenn man nach drei Mal Erbrechen zu staubsaugen anfängt. Oder eine Ballettstunde hat. Wenn man will, dass das Shaken aufhört, isst man etwas. Nicht zu viel, sonst muss man wieder … und so weiter.

«Was ist zu viel?»

Eigentlich ist alles zu viel. Alles, was man *nicht* braucht, um zu verhindern, dass man shakt.

«Und wann bekommst du so eine Essattacke?»

Eine Essattacke bekommt sie immer, wenn sie *etwas Unerlaubtes* gegessen hat.

Das kann ein zusätzliches Butterbrot sein oder ein Zwieback oder ein Eis. Und weil das ohnehin schon unerlaubt ist, isst sie danach noch vier Butterbrote oder die ganze Packung Zwieback oder zwei Waffeln mit Schlagsahne.

«Meinst du wirklich ‹entweder – oder›, oder meinst du ‹und – und›?», frage ich.

Sie meint ‹entweder – oder›. Es sind schließlich Essattacken und keine Fressattacken.

Aha.

Ich habe wieder eine Menge gelernt.

Ich danke meiner Schwester für das spannende Gespräch und wünsche ihr schon mal eine gute Nacht für den Fall, dass sie vorhat, sich schlafen zu legen.

- ZEHN -

So allmählich bekomme ich eine Vorstellung davon, was Reva neulich mit «Lug und Betrug» gemeint hat.

Aber ehrlich gesagt komme ich mir nicht betrogen, sondern eher wie ein Volltrottel vor.

Ich hatte nicht die geringste Ahnung von dem Ausmaß ihres «Essproblems».

Ich, die immer ihre große Stütze gewesen bin. Oder zu sein geglaubt habe.

Warum habe ich nicht besser hingeschaut?

Ich wusste natürlich schon, dass sie sich «ab und zu» übergab. Das hat sie mir selbst erzählt. Schon vor Jahren, als alles wahrscheinlich begann.

Sie ging damals in die siebte Klasse und hatte abends nie Appetit. Sie selbst erklärte das folgendermaßen: So gegen fünf Uhr nachmittags bekäme sie immer ein kleines Tief, mitverursacht durch Langeweile und den Ärger über die Stapel an Hausaufgaben, die sie jeden Tag zu erledigen hatte, und dann äße sie Butterbrote. Und wenn wir uns dann alle um sechs um den Tisch setzten, sei sie noch satt. Außerdem mochte sie kein warmes Essen. Auch nicht den Geruch. Da aber das Abendessen nach Revas Gefühl endlos lange dauerte und da es nun mal Tischzeit war, tat sie sich einfach etwas auf und aß mit. Danach wurde ihr übel. Eines Abends entdeckte sie, dass, wenn sie sich mit dem Kopf über die

Toilettenschüssel hängte, die soeben verzehrte Mahlzeit ganz einfach wieder herauskam; sie brauchte fast nichts dafür zu tun, die Schwerkraft übernahm gewissermaßen die Arbeit. Eine prima Lösung also.

Ich hatte keine Ahnung, dass sie diesen Trick auch dann anwendete, wenn sie ihrer Meinung nach zu viel Süßes genascht hatte.

Und dass sie zu viel Süßes naschte, nachdem sie nun mal diesen Trick herausgefunden hatte.

Ehrlich gesagt gab ich mich in dieser Zeit gar nicht so sehr mit meiner Schwester ab, sondern hatte andere Dinge um die Ohren. Ich war ziemlich beschäftigt mit Jungs und Ausgehen und Jobben, um ausgehen zu können (in den richtigen Klamotten und mit dem richtigen Make-up).

Gegenwärtig wohnt Reva fünf Gehminuten von unserer Wohnung in der Amsterdamer Rivierenbuurt entfernt. Sobald sie einen Fuß bei uns über die Schwelle setzt, hat sie Hunger, ungeachtet der Tageszeit. Dann bittet sie mich, ihr ein Brot zu schmieren. «Du weißt nämlich, was eine normale Menge Butter ist und was eine normale Menge Erdnussbutter.»

Mir war zwar immer klar gewesen, dass dieses Brot mit Erdnussbutter für sie etwas anderes bedeutet als ein Brot mit Erdnussbutter. Es ist eine Form der Aufmerksamkeit. Des Umsorgtwerdens wäre vielleicht ein besseres Wort.

Reva kann nur dann Kuchen essen, wenn ich ihr die Erlaubnis gebe.

«Mar, meinst du, ich könnte ein Stückchen Apfelkuchen nehmen?», fragt sie jedes Mal, wenn wir zusammen bei unseren Eltern Geburtstag feiern. Unsere Mutter bäckt einen barbarisch guten Apfelkuchen, dem kann sogar Reva nicht widerstehen.

«Ja, kannst du locker», sage ich dann. «Und wenn du fünf nimmst.» Anschließend muss ich ein Stück für sie abschneiden, von dem sie meistens einen Teil stehen lässt. Einmal habe ich sie direkt gefragt, wozu es dieser Umsicht bedurfte.

«Ich fühle mich schlecht, wenn ich einfach so etwas esse, das ich sehr, sehr gerne mag», antwortete sie.

«Warum?»

«Dann komme ich mir wie ein habgieriges Kind vor.»

?

Wenn ich ihr ein Stück Kuchen gebe, fühlt sich das für sie wie ein Geschenk an. «Denn du hast mich lieb.» Wenn sie aber von sich aus etwas nicht strikt Überlebensnotwendiges isst, dann fühlt sich das an, «als wenn ich allen zeige, wie sehr, sehr gern ich mich mag».

«Und was wäre daran schlimm, wenn es so wäre?», fragte ich. Darauf bekam ich erst gar keine Antwort.

Manchmal gerät sie hinterher in Panik. Nach dem Kuchenessen, meine ich.

«Mar, ich denke doch, ich hätte es nicht tun sollen. Ich denke, ich spucke es besser wieder aus», meldet sie mir dann. Wie ein kleines Kind, das mit seinem Gewissen in Konflikt steht.

«Nein, Liebes, ist wirklich nicht nötig. Es ist gut so», beschwöre ich ihre Panik.

Und dann bleibt sie zur Sicherheit eine halbe Stunde neben mir sitzen.

Das heißt, ich weiß durchaus, dass meine Schwester irgendwas mit dem Essen hat.

Darum hat mich ihr Verhalten während unseres Griechenlandurlaubs auch nicht beunruhigt.

Aber ich dachte, es wäre ein übersichtliches «Irgendwas».

- ELF -

Ich kann nicht mehr schlafen und rufe meine Schwester an.

Sie hebt nicht ab.

Sie hebt eigentlich nie ab, sondern wartet immer, bis ich eine Nachricht hinterlassen oder ihr eine SMS geschickt habe, und danach entscheidet sie, ob sich ein Rückruf lohnt.

Aber auf Paros, hast du da auch gekotzt? Bin ich blind oder was?, simse ich.

Sie wich mir keine Minute von der Seite. Wenn sie mehrmals am Tag ihr Essen wieder ausgespuckt hätte, hätte ich das doch irgendwie merken müssen! So unachtsam bin ich doch nicht!

«Nein», sagt sie, sobald ich aufhebe. «Bei dir kotze ich nicht.»

«Das ist nicht sehr glaubwürdig nach deiner Erläuterung von vorhin.»

«Na ja, so gut wie nicht», gibt sie zu. «Und außerdem fiel Paros in die paar Monate, in denen ich fast nichts gegessen habe.»

Ich sehe uns wieder an dem Tisch der Imbissbar sitzen.

«Du hast genau das Gleiche gegessen wie ich!», sage ich.

«Aber immer die Hälfte weniger. Und ohne Öl.»

Und ohne Feta. Der lag immer noch unangerührt auf ihrem Teller, wenn abgeräumt wurde, fällt mir plötzlich ein. Das

Öl, das ich immer selbst an meinen Salat tun wollte, weil ich Salat mit etwas Öl mag und nicht Öl mit etwas Salat, lehnte sie konsequent ab. Weiß ich auch noch. Süßes naschten wir dort auch nicht, in der Nähe gab es nämlich kein entsprechendes Geschäft. Wir nahmen fast all unsere Mahlzeiten bei dem kleinen Imbiss am Strand zu uns, wo es gesunde Snacks gab wie griechischen Salat mit Brot und frischen Orangensaft, unser Standardmahl. Wenn wir Lust hatten, aßen wir in einem der Restaurants auf der anderen Seite der Insel zu Abend, was einen einstündigen Spaziergang hin und einen einstündigen Spaziergang zurück bedeutete. «Da musste man ja was im Magen haben.»

«Und warum hast du in den paar Monaten so wenig gegessen?», frage ich.

«Ich weiß nicht ... irgendwann habe ich mir gedacht: Wenn es doch nicht drinbleiben darf, dann brauche ich es auch gar nicht erst in mich hineinzustopfen. Und es ersparte mir jede Menge Umstände.»

«Umstände?»

«Man braucht nicht einkaufen zu gehen. Man braucht keine Butterbrote zu schmieren, sich nichts in den Mund zu stecken, nicht zu kauen, nicht zu schlucken und nicht zu kotzen. Und auch nicht nachzudenken, was erlaubt ist und was nicht. Es verschaffte mir eine enorme Ruhe.»

«Und das hast du damals gebraucht? Ruhe, mit neunzehn?» Es klingt zynischer als beabsichtigt. Ich kann es mir einfach nicht vorstellen.

«Ich glaube ja. Ruhe im Kopf. Mal keinen Streit.»

«Du meinst den Streit darüber, was du essen darfst und was nicht?»

«Hmmm ... unter anderem ...»

«Aber warum nur? Du kannst dir doch einfach aus dem

Internet eine Liste herunterladen, auf der steht, welche Nährstoffe du täglich mindestens brauchst?»

«Ja … aber es geht glaube ich weiter als das … Ich darf eigentlich nichts, aber ich will trotzdem alles Mögliche. Und das verursacht diesen Streit. Und das Kotzen.»

«Wer sagt, dass du eigentlich nichts darfst?»

«Ich komme nicht dahinter. Aber ich darf *echt* nichts.»

- ZWÖLF -

Ich bin also wohl unaufmerksam, aber nicht völlig blind.

Zum Teil fühlt es sich wie eine Erleichterung an.

Aber zugleich frage ich mich erst jetzt: Wer hat für meine Schwester gesorgt, wenn ich nicht da war? Das heißt, den überwiegenden Teil der Woche?

Sie selbst konnte es offenbar nicht, oder es war ihr gleich, und der DJ würde es auch nicht tun, auch wenn er bei ihr stark den Eindruck erweckt hatte, als würde er es. Das zeigte sich einmal mehr nach dem Urlaub bei den Proben zu *Ein mieses Theaterstück*.

Ein mieses Theaterstück ist der Titel, den Reva dem Theaterspektakel des DJs nach dem ersten Lesen gab; einem Spektakel, in dem sie, mittlerweile im dritten Jahr an der Schule, ein Schauspielpraktikum unter seiner Regie hatte. Es war ein Stück für drei Schauspieler und zwei Schauspielerinnen (die Frau des DJs und Reva), beruhend auf einem absurden Text ohne Humor, mit einer Reihe inhaltsloser Lieder.

Der DJ biss sich daran die Zähne aus.

Obwohl Reva in *EmT* insgesamt höchstens zwanzig Minuten auf der Bühne stand, davon noch zehn ohne Text und im Hintergrund, war das für den DJ Grund genug, sie während der Proben komplett niederzumachen.

Ununterbrochen hackte er auf ihrem «Mangel an Professionalität» herum: Sie sang nicht gut genug, sie sprach unverständlich, nicht laut genug, nicht tief genug und nicht sexy genug, und das Timing ihrer Witze haute nicht hin, einmal war sie zu schnell, ein andermal wartete sie wiederum zu lange. «Spürst du das denn nicht?», herrschte er sie wieder und wieder vorwurfsvoll an. Als ob es überhaupt möglich wäre, ohne Publikum zu spüren, wie Scherze getimt werden müssen, und als ob in *Ein mieses Theaterstück* überhaupt von «Scherzen» die Rede sein konnte.

Manchmal ließ er Reva eine halbe Stunde lang denselben Satz wieder und wieder sagen, bis einer ihrer Kollegen es nicht mehr mit ansehen konnte und ihn anflehte, sie in Ruhe zu lassen.

«Ich verstehe ehrlich gesagt nicht, worüber er sich so aufregt», vertraute mir meine Schwester während eines unserer seltenen Treffen in dieser Zeit an. «In meiner Rolle geht es um rein gar nichts. Ich brauche nur ein paar unzusammenhängende Sätze im Kostüm einer Stewardess von mir zu geben, das ist alles.»

Hinter ihrem Rücken bedrängte der DJ die übrigen Schauspieler mit seinen ernsten «Sorgen», was Revas Qualität und ihr Niveau anging. Ob sie das wohl hinbekam. Die Rolle. In *seinem* Stück. Denn «Wie will man eine Stewardess spielen, wenn man noch nicht mal auf Absätzen gehen kann?»

Eine Tanzdozentin wurde engagiert, um Reva das Gehen auf diesen (hohen) Absätzen beizubringen, aber inzwischen war sie so unsicher geworden, dass sie noch nicht mal mehr barfuß über eine gerade Linie laufen konnte, «ohne runterzufallen».

Bei der Premiere wurde mir sofort klar, dass die Rolle, die meine Schwester spielte, ohne Verlust hätte gestrichen oder von dem erstbesten Techniker auf Band eingesprochen werden können.

Warum hatte der DJ so viel Zeit und negative Energie auf sie verwendet?

Glaubte er wirklich daran, so eine Figur aufbauen zu können? Hatte er die Hoffnung, dass Reva, nachdem sie wochenlang herabgewürdigt worden war, wie neugeboren und völlig mit ihrer Statistenrolle identifiziert wiederauferstehen würde? Weil «nur aus Leid Kunst geboren wird» oder so?

Oder versuchte er mit seinem Verhalten allen klarzumachen, dass sie in keinerlei Hinsicht irgendeine Konkurrenz zu seiner Ehefrau darstellte, weder als Schauspielerin noch als Frau?

Genau das glaubte Reva selbst.

Sie glaubte, der DJ tue so, als sei sie ihm zuwider, um damit jedweden Argwohn seiner Frau im Keim zu ersticken.

Ich denke eigentlich, der DJ brauchte seine Zielscheibe im Klub. Eine, um die sich die ganze Gruppe Sorgen machen würde, denn *Was soll aus unserer Premiere werden, wenn unsere Stewardess die Sache derartig vermasselt* ... und die er dann schließlich an den Haaren aus dem Sumpf ziehen konnte, um so im allerletzten Moment die Vorstellung zu retten.

Das alles natürlich zum Ruhm und zur größeren Ehre des DJs selbst, dieses Gottes der Tiefen Gedanken und Großen Regisseurs von Miesen Theaterstücken.

Er hätte sich kein passenderes Opfer aussuchen können als meine Schwester; von ihr hatte er wirklich nichts zu befürchten. Es würde ihr niemals einfallen, ihn zu verraten oder mit seinem ehebrecherischen Verhalten zu erpressen.

Ihr fiel noch nicht einmal ein, sich gegen ihn zu wehren.

- DREIZEHN -

Ich kann noch immer nicht schlafen.

Rufe wieder meine Schwester an.

«Aber wie hast du das während der fürchterlichen Proben mit dem Essen gemacht?»

Ich muss es wissen. Es schien ihr in dieser Zeit ziemlich gut zu gehen, sie war nicht mehr so beängstigend dünn wie vor und während unseres Griechenlandurlaubs. Dadurch dachte ich, das Problem (will sagen: der sichtbare Teil ihres Problems) wäre gelöst. Aber jetzt stellt sich heraus, dass sie ihr bizarres Essverhalten jahrelang nicht unter Kontrolle bekam und es ohne Therapie wahrscheinlich auch nicht unter Kontrolle bekommen wird.

«Ja, was meinst du …? Damals hatte die Verwirrung ungefähr ihren Höhepunkt erreicht.»

«Welche Verwirrung?»

Sie seufzt. Ich weiß, dass es ihr schwerfällt, es zu erklären. Aber ich will es verstehen. Nach noch einem tiefen Seufzer sagt sie: «Es gibt immer ein Spannungsfeld zwischen dem, was du willst, und was andere von dir wollen. Was *ich* wollte, spielte keine Rolle. Das hat mir der DJ in dieser Probenzeit sehr gut klargemacht. Und ich konnte damals irgendwie nicht für mich selbst eintreten. Ich dachte, er hätte recht damit, dass ich nicht ins Gewicht fiel. Eigentlich war ich einer Meinung mit dem DJ. Und wer nicht ins Gewicht fällt, braucht auch nicht zu essen.» Hiernach schweigt sie eine Zeit.

«Aber ein Mensch muss nun mal essen, sonst stirbt er», sage ich, um sie zum Fortfahren zu ermuntern.

«Oder er fällt bei den Proben in Ohnmacht. Das erlaubte der DJ auch nicht.»

«Das heißt, du hast das Allernötigste gegessen, was du brauchtest.»

«Tagsüber. Aber gleichzeitig musste ich auch diesen fürchterlichen Proben entrinnen.»

Dafür hatte sie einen Trick. Während der DJ sie ausschimpfte, sah sie vor ihrem geistigen Auge ein Fließband mit rosa Zuckerteilchen, selbst gebackenem Apfelkuchen und Sahnewaffeln vom italienischen Eissalon vorüberziehen. Sobald sie mit den Proben fertig war, ging sie vom Probenraum direkt zum Bäcker. «Schon auf dem Fahrrad habe ich angefangen zu essen.»

Also das war es, was der Mitbewohner P. gemeint hatte, wenn er mich am Telefon zu beruhigen versuchte. («Ja, sie schläft schon, aber es geht gut, doch. Sie isst. Viel sogar. Echt.»)

«Das heißt, wo ein anderer zur Flasche greift, hast du zu den rosa Teilchen gegriffen?»

«Ich war süchtig nach Essen und Kotzen. Und mit dieser Sucht konnte ich mich und meine Panik sehr gut betäuben.»

«Wie denn?»

«Ganz einfach. Das Kotzen versetzt dich in einen Rausch. Es wirkt entspannend. Du machst dich selbst im wörtlichen und übertragenen Sinn leer. Nach drei Mal bekommst du eine angenehme Art von Nebel im Kopf, und dann brauchst du den restlichen Abend an nichts mehr zu denken außer daran, was und ob du noch mehr essen wirst.»

Ich glaube, ich bekomme jetzt auch eine leise Ahnung von dem, was der Versicherungsarzt mit dem Begriff «Essstörung» gemeint hat.

«Aber Reef, was wolltest du denn eigentlich selbst?», frage ich nach einer Weile.

An dem Atem, den sie hörbar durch die Nase ausstößt, ähnlich wie ein kurzes Lachen, merke ich ihre Selbstverachtung wegen der Antwort, die sie mir geben wird.

«Sicher sein», sagt sie. «Untertauchen beim DJ, für den Rest meines Lebens.»

«Und … willst du das immer noch?», frage ich vorsichtig, weil ich ein klein wenig Angst vor der Antwort habe.

«Es wird dir sehr unwirklich in den Ohren klingen, aber *ja, das will ich immer noch.*»

«Sehr unwirklich», bestätige ich.

Und ganz schön gestört.

- VIERZEHN -

Nach der Premiere des *Miesen Theaterstücks* folgte eine dreimonatige Tournee durch das ganze Land. Nicht viele Vorstellungen waren von den Theatern gebucht worden, im Durchschnitt zwei bis drei pro Woche, die meisten davon an den Wochenenden.

An den Tagen, an denen Reva nicht zu spielen brauchte, ging sie ganz normal zur Schule. Vom DJ bekam sie mittlerweile keinen Unterricht mehr, und dadurch hatte sie meines Wissens auch kaum noch Kontakt mit ihm. (Normalerweise geht ein Regisseur nach der Premiere nicht mehr mit auf Tournee.)

In meinen Augen war das eine günstige Entwicklung.

Die Presse hatte das Stück quasi landesweit verrissen, die Rezensionen waren gnadenlos, und mit dadurch lockte die Vorstellung wirklich kaum mehr jemanden hinterm Ofen hervor. Reva erzählte mir oft, sie hätte vor einem Saal mit fünfzehn Leuten oder weniger gespielt. Im Stadttheater von Gouda. Oder Middelburg. Oder Winschoten. Und regelmäßig wurde eine Vorstellung wegen Mangels an Interesse abgesagt.

Einmal war ich dabei, als Reva wegen einer solchen Absage von der Hauptdarstellerin (und Frau des DJs) angerufen wurde. «Ach, wie schade …» sagte sie mit einer

Grabesstimme, während sie mir gleichzeitig wilde Siegesgebärden zukommen ließ. «Nein, ich verstehe, irgendwo gibt es eine Grenze. Ja … bei weniger als vier wird es peinlich, da hast du recht …» Sie hatte noch nicht aufgelegt, da brüllte sie schon: «Ich muss nicht nach Roermond!!!» Ich hatte sie schon lange nicht mehr so fröhlich gesehen.

Ich war ein wenig erstaunt. Denn Schauspielern war Revas großer Traum, auch wenn das Stück gelinde gesagt nicht preisverdächtig war, und seit ihr der DJ nicht mehr fortwährend auf den Fersen saß, hatte sie mehr oder weniger ihren Dreh gefunden.

«Hat der Direktor neulich vielleicht das gemeint, als er sagte, du hättest nicht die richtige Mentalität fürs Theater?», fragte ich.

«Ach was», sagte sie. «Das mit der *ganz falschen Mentalität* hat er gerufen, weil ich nicht im Carré-Theater in Amsterdam stehen will.»

Während einer seiner Lektionen im gesungenen Repertoire hatte der Direktor zu ihr gesagt, sie müsse ihre «Emotionen viel größer rausbringen», sonst könnte sie nie die hinteren Ränge des Carré erreichen. Reva, die keine sonderliche Liebhaberin des Vergrößerns von Emotionen im Besonderen und von Anstellerei im Allgemeinen ist, hatte ihn absichtlich gegen sich aufgebracht, indem sie sagte, sie habe überhaupt nicht vor, jemals «im Carré zu stehen».

«Warum willst du das eigentlich nicht?», fragte ich.

«Ganz einfach. Weil das Carré viel zu groß ist.»

Und nachdem sie eine Weile schweigend vor sich hingestarrt hatte, fügte sie noch hinzu: «Mir ist das Theater in Gouda schon viel zu groß für ein fünfzehnköpfiges Publikum …»

Woraufhin wir uns gemeinsam vor Lachen kugelten.

Übrigens sorgte nicht die erbärmliche Qualität des Theaterstücks dafür, dass sie sich so über den Ausfall der Vorstellung freute. Und auch nicht der Kontakt mit ihren Kollegen, den sie als tödlich ermüdend empfand, obwohl die meisten sehr nett waren.

«Ich bin einfach immer froh, wenn etwas platzt, was es auch ist», behauptete sie.

«Auch, wenn es um die Verabredung mit einem eventuellen Liebhaber geht?», fragte ich.

«Ja, dann auch.»

«Du lügst.»

«Nein, im Ernst. Ich bin einfach froh, dass ich dann nichts muss. Dass ich mich nicht anstrengen muss, schön auszusehen oder fröhlich zu sein. Dass ich plötzlich einfach so frei bin.»

«Und was machst du dann mit der Freiheit?»

«Halt einfach …»

Nichts also. Ein bisschen ziellos durch die Stadt radeln. Oder den ganzen Tag vom Bett aus gegen die Decke starren, ihre beiden größten Hobbys.

«Und wenn sich der DJ mit dir verabreden und anschließend am Telefon absagen würde?», fragte ich etwas gemein, denn ich wusste, dass es verboten war, den DJ von mir aus zu erwähnen. Aber dieser Lachanfall von vorhin, der erste seit unserem Urlaub in Griechenland, hatte etwas in mir ausgelöst; ich wollte mehr. Es stank mir, dass von meiner Schwester nur noch so wenig übrig war. Dass kein Gramm Power mehr in ihr steckte, keine Wut, kein Ehrgeiz, nichts. Dass wir nie mehr einen so unbändigen Lachkrampf bekamen wie früher als Kinder. Und dass sie aussah wie ein halb toter Hund. Ich wollte sie wachrütteln, wachprügeln notfalls.

Aber dann hätte ich es anders angehen müssen.

Mit einem Schlag wurden ihre Augen stumpf und sie ließ die Schultern hängen.

«Der DJ verabredet sich nicht mit mir», murmelte sie. Danach stand sie von der Couch auf und ging ins Schlafzimmer.

«Tut mir leid, Reef …», begann ich.

Aber eigentlich tat es das überhaupt nicht.

Ich wurde auf einmal stinksauer und stürmte ihr hinterher. «Reva! Verdammt, du legst dich jetzt nicht schon wieder ins Bett! Komm raus! Rede mit mir!», schrie ich.

Sie reagierte nicht.

Am liebsten hätte ich sie gegen die Wand geklatscht. Stattdessen riss ich ihr die Bettdecke weg.

«Wo ist deine Selbstachtung geblieben?!», schrie ich. «Du lässt dich doch nicht von diesem narzisstischen Sack unterkriegen? Geh und erstatte Anzeige! Oder werde wenigstens einmal richtig wütend auf diesen Idioten!»

Es war nicht drin.

Bei ihr war nichts mehr drin.

Ein leerer Luftballon. Ein abgeschlafftes altes Weib.

Sie murmelte etwas in ihr Kissen.

«Was sagst du?», schrie ich ihr ins Ohr.

Zieh schon Leine.

Das sagte sie.

Ich musste mich im Flur auf den Boden setzen, um wieder zu mir zu kommen. Ich fühlte mich, als hätte ich drei Tage nichts gegessen. Alles an mir zitterte vor Wut. Oder vor Ohnmacht.

Gerade als ich genug Energie gesammelt hatte, um aufzustehen und nach Hause zu gehen, fragte sie: «Anzeige weswegen?»

Es war ihr voller Ernst. Sie hatte keine Ahnung.

Ich versuchte, meine Wut herunterzuschlucken. «Was weiß ich … wegen sexueller Einschüchterung oder so …»

«Aber Mar», sagte sie so leise, dass ich sie fast nicht verstand, «ich wollte es selbst … Und wenn er morgen vor der Tür steht, will ich es wieder.»

Ich wusste nicht, was ich hiergegen vorbringen sollte.

Ich konnte sie vom Flur aus daliegen sehen. Sie hatte mir den Rücken zugedreht.

Nach einer ganzen Zeit sagte sie mit einer Stimme, die klang, als ob sie todmüde wäre und es kaum fertigbrächte zu reden: «Es liegt nicht am DJ, Mar. Es liegt an mir. Wenn es ihn nicht gäbe, würde ich mir einen anderen aussuchen, der mich so behandelte. Ich tue das immer. Ich stehe halt auf Männer, die mich nicht lieben.»

«Warum denn?», fragte ich.

Wieder folgte eine lange Stille.

Danach antwortete sie: «Vielleicht hoffe ich, sie dazu zu bringen, es doch zu tun?»

Mir fiel auf einmal diese L'Oréal-Reklame ein.

Weil du es dir wert bist.

Allerdings das genaue Gegenteil.

«Das wirst du nicht schaffen, Reef», sagte ich.

«…»

«Wirklich nicht.»

– FÜNFZEHN –

Was ihr noch an Kreativität und Tatkraft blieb, verwendete Reva darauf, die mühselige Tournee in einen persönlichen Erfolg umzuwandeln.

Von ihrem Mitbewohner hörte ich, dass sie die komplette Ad-hoc-Truppe abarbeitete, ausgenommen die Ehefrau des DJs und den steinalten Schauspieler J.

Musiker, Schauspielkollegen, Techniker und sogar der Dramaturg landeten bei ihr im Bett.

Das hat den Mitbewohner offensichtlich nicht gefreut.

Auch ich hatte meine Fragezeichen angesichts dieser Methode, aber eine ihrer Eroberungen steht mir noch klar vor Augen, weil er wirklich etwas für sie getan hat.

An einem Samstagmorgen telefonierte sie mich jubelnd wach: «Erinnerst du dich noch an W.? Den netten Theatertechnik-Dozenten, in den die ganze Schule verliebt ist? Er hat den Beleuchtungsplan für meine erste Etüde gemacht.»

«Dieser hübsche?»

«Der nie etwas sagt und sich von niemandem verführen lässt …»

Ich wusste, wen sie meinte. «Er hat doch auch den Beleuchtungsplan für das *Miese Theaterstück* gemacht, oder?»

«Ja, der. Er hat heute bei mir übernachtet.»

«Aha!», rief ich voller Bewunderung. «Wie hast du das denn geschafft?»

«Ganz einfach. Bestochen. Pistole an die Stirn gehalten. Unter Drogen gesetzt und danach vergewaltigt. Nein, nein, er ist selbst und aus freiem Willen mit mir mitgekommen. Mehr noch: Es war seine Idee.»

«Und?», fragte ich.

«Ich habe noch nie einen netteren Mann gehabt. Und hinterher ist er nicht nach Hause gegangen, sondern hat bei mir in dem Einpersonenbett geschlafen UND ICH AUCH.»

«Na so was ...»

«Das sagt doch genug, oder?»

«Tja.»

«Es ist ein sehr schmales Einpersonenbett!»

«Ja.»

«Und als ich heute früh mit einem steifen Nacken aufgewacht bin, war ich wirklich glücklich.»

Die glücklich machende Erfahrung mit dem Theatertechnik-Dozenten hielt sie für den Rest der Tournee auf den Beinen. Leider hatte der Mann eine Beziehung, deren Tage zwar gezählt waren, die er aber erst ordentlich zu Ende bringen wollte, damit nicht alles durcheinanderlief. Darum blieb es vorläufig bei dem einen Mal, aber das machte Reva nichts. Er hatte ihr Selbstvertrauen um 500 Prozent gesteigert. Er war unheimlich hübsch, und was wichtiger war: unheimlich sanftmütig; im Gegensatz zu der Art von Männern, auf die Reva normalerweise stand.

«Aber Mar, warum hat er *mich* ausgesucht?», fragte sie mich ein paar Wochen später, als sie aus dem Traum erwachte.

«Tja ...»

Ich konnte ihr keine Antwort geben. Nicht weil sie so blendend schön war, denn das war sie nicht.

«Vielleicht findet er dich süß …?», schlug ich vor.
Aber das war sie eigentlich auch nicht.
Sie war schrecklich kompliziert.

- SECHZEHN -

Meine Schwester hat auch irgendwas mit Sex.

(Nicht nur mit dem Essen.)

Es hat sehr lange gedauert, bis Reva sich für Sex interessierte.

Ich weiß noch, wie meine Mutter, selbst auch nicht übermäßig sexuell interessiert, mich irgendwann besorgt gefragt hat, ob Reva vielleicht «asexuell» sein könnte. Weil sie im Gegensatz zu mir auf der Oberschule nie einen Freund hatte und auch immer schwer irritiert war, sobald das Thema zur Sprache kam.

Ich antwortete, dass ich das nicht glaubte. Dass meine Schwester meiner Meinung nach noch auf den Richtigen wartete. Auf den einzig Wahren, dem sie ihre Jungfräulichkeit schenken würde.

«Na, dann kann sie lange warten», sagte meine Mutter.

Aber ich wusste es besser.

Der Richtige hatte sich längst in Form des Physiklehrers präsentiert (hässlich, fade, verheiratet und zweifacher Vater). Schon mit vierzehn hatte sich Reva unsterblich in diesen Widerling verliebt, und seit sie fünfzehn war, knutschte sie mit ihm herum.

Ich habe sie sehr oft vor diesem Kerl gewarnt.

«Du weißt, dass er seine Frau nie verlassen wird, ja?», piesackte ich sie, als sie mich zum soundsovielten Mal mit schwärmerischen Nervgeschichten von ihm in den Ohren lag.

«Ja, ich weiß. Das sagt er auch. Er ist sehr fair und ehrlich», antwortete sie.

«Nein, Reva, solche Männer sind nicht fair und ehrlich», brüllte ich ihr ins Gesicht. «Es ist nämlich nicht fair, endlos mit einer Fünfzehnjährigen rumzuknutschen, die in einen verliebt ist, und danach daheim zu seiner Frau ins Bett zu steigen. Knutschen ist der Anfang von Sex, und damit hält man eine, die verliebt ist, an der langen Leine und sorgt dafür, dass sie mit ihrem eigenen Leben nicht weiterkann.»

Ich musste es wissen, ich war selbst schon Jahre sexuell aktiv.

Mein Ausbruch brachte sie keineswegs aus dem Konzept.

«Es geht ihm überhaupt nicht um Sex», behauptete sie mit einem unausstehlich glücklichen Lächeln im Gesicht, wie eine Nonne, die sich als Braut des Herrn Jesus aufspielt. «Er liebt mich.»

«Er lügt!», schrie ich. «Er hat zu Hause eine ganze Familie, die er lieben kann, dazu braucht er dich nicht! Es geht ihm *ausschließlich* um Sex.»

Ich sollte recht behalten.

Der Physiklehrer wartete hübsch, bis Reva ihre Abschlussprüfung gemacht hatte, damit er in der Schule keine Probleme bekam. Danach bat er sie, ihm einen zu blasen.

«Wow!», sagte ich, als sie mir das erzählte. «Das war sicher das Liebevollste, was du jemals gehört hast, oder?»

Gut, es war nicht ganz das, was sie sich immer erträumt hatte, aber tja, er war nun mal verheiratet, nicht wahr; das hatte sie vorher gewusst. Und wenn er echt mit ihr «Liebe machen» (sprich: vögeln) würde, würde er für sein Gefühl *fremdgehen*. Und ein Fremdgänger, nein, das war der Lehrer nicht. Also musste es halt so gehen.

«Und knutscht ihr noch miteinander?», fragte ich, weil ich neugierig war, ob doch noch so etwas wie Zärtlichkeit oder gar Liebe seinerseits vorhanden war.

Nein, das nicht mehr. Denn ja, alles musste natürlich schnell und heimlich geschehen, um die Gefahr des Erwischtwerdens zu minimieren.

Ich fand daran ehrlich gesagt nichts Natürliches.

«Aber macht er auch noch was bei dir, um es dir schön zu machen?», fragte ich, um noch ein bisschen weiterzustänkern.

Klar machte er das. Also, das hieß … er kniff ihr in die Brüste, wenn sie ihn … und so weiter.

«Wow!», sagte ich wieder. «Mir scheint, das ist eine sehr romantische Erfahrung für eine siebzehnjährige Jungfrau.»

Danach waren wir ein paar Wochen lang nicht *on speaking terms*.

Die «Liebesbeziehung» hielt noch ein Jahr lang und kam nie weiter als einmal alle vierzehn Tage blasen, wenn sie bei dem Lehrer und seiner Familie übernachtete und auf die Kinder aufpasste. Mitten in der Nacht auf dem Boden des Hausflurs, damit er auch hören könnte, ob jemand unerwartet aufwachte und aus dem Bett stieg.

Nach diesem Jahr machte sie Gott sei Dank Schluss damit.

Vielleicht verwechselt Reva deshalb Liebe mit Sex?

Vielleicht denkt sie, ein Mann würde eine Frau erst dann echt lieben, wenn er echt mit ihr ins Bett geht?

Seit der Zeit mit dem Lehrer, oder eigentlich schon währenddessen, bietet sich meine Schwester jedem x-beliebigen Passanten an, sofern er nicht allzu unhygienisch aussieht. Sie treibt es wirklich mit Hinz und Kunz.

Nicht weil sie sexsüchtig ist, denn das ist sie nicht. Das weiß ich sicher.

Reva und Mitbewohner P. führten zeitweilig Listen ihrer sexuellen Eroberungen. Sie lag deutlich vorn, und das obwohl die Liste des Mitbewohners auch recht stattlich war.

Deutlich vorn. Mit Abstand die Beste. Eines Abends prahlte sie mal wieder mit ihrem vermeintlichen Vorsprung, als P. so ganz nebenbei bemerkte, natürlich würden nur die Male mit Orgasmus zählen. Für ihn war das einigermaßen selbstverständlich, aber Reva verstummte, erblasste und sagte: «Ach.» Und danach: «Dann muss ich leider noch mal von vorn anfangen.»

Sex ist für Reva lediglich ein Mittel, ihr Ziel zu erreichen, und nie ein Ziel für sich.

Eine Art und Weise, um Liebe zu generieren.

Oder Hass.

In der Nacht nach der Premiere des Miesen Theaterstücks, schickte sie mir die folgende erhebende SMS:

Habe es getan mit einem der beiden Rundfunk-Zwillinge, weiß nicht mehr genau welchem. Auf der Damentoilette vom Schiller. Um den DJ zu bestrafen.

«Und?», fragte ich am nächsten Morgen. «Fühlte sich der DJ bestraft?»

«Was weiß ich!», schnauzte sie zurück. «Er war doch nicht dabei, du Schaf!»

Ich bekam eher den Eindruck, dass sie sich selbst auf der Toilette des Schiller mit diesem einen der beiden Zwillinge bestraft hatte. Ohne Kondom natürlich. Impulsivität und Vorsicht gehen meistens nicht Hand in Hand.

– SIEBZEHN –

«Fahr bloß nicht nach Hilversum!»

«Was ist mit Hilversum?»

«Da herrscht Keuchhusten.»

Es ist Freitagnacht. Reva ist gerade aus dem Theater Achterom zurück, wo sie ihr Soloprogramm *Zum Verrücktwerden!* gespielt hatte.

Ein Mann im Saal hatte ihre ganze Vorstellung «kaputtgehustet». Ein total misslungener Abend. Sie schämt sich zu Tode. Noch immer.

«Ich traue mich nicht mehr auf die Straße!», ruft sie.

Das bringt mich zum Lachen. «Reef, die Leute aus Hilversum machen sich wirklich nicht die Mühe, dich bis hierher nach Amsterdam zu verfolgen!», sage ich.

«Du weißt nicht, wie schlimm es war. All die Leute hassen mich.»

«Warum? Du konntest doch nichts dafür?»

Doch, konnte sie wohl. Die einzig richtige Schlussfolgerung, die sich aus der Katastrophe des heutigen Abends ziehen ließ, war, dass es letztlich an ihr gelegen hatte. Und an ihrem Programm.

«Die Leute husten, wenn sie sich langweilen!», sagt sie.

«Ja. Oder wenn sie Keuchhusten haben», antworte ich.

Eigentlich möchte ich sie fragen, ob sie schon mit der Therapie angefangen hat.

So allmählich glaube ich, das könnte ihr womöglich nutzen. Aber irgendwie wage ich es nicht, sie darauf anzusprechen. Stattdessen frage ich:

«Musst du morgen wieder spielen?»

«Nein, zum Glück nicht.»

Zum Glück nicht.

Zum Glück braucht sie morgen nicht ihrem Traum hinterherzujagen. Nicht dasjenige zu tun, was man als ihre Lieblingstätigkeit voraussetzt, nämlich: ihr eigenes, selbst geschriebenes Soloprogramm zu spielen.

Zum wiederholten Mal frage ich mich, was meine Schwester eigentlich beim Theater verloren hat.

An Tagen, an denen sie spielen muss, ist sie unverändert starr vor Stress. Neulich erzählte sie mir, sie hätte immer Mitleid mit ihrem Publikum. Wenn sie vorher durch den Vorhang schiele und die Leute eintrudeln sehe, könne sie nur denken: Leute, fangt doch etwas Schönes mit eurem Abend an! Hinterher würde sie am liebsten allen ihr Eintrittsgeld zurückzahlen. Und es geht nie gut, wenn man ihr glauben will. Oder jedenfalls nie gut genug.

«Würdest du den Beruf wechseln, wenn du die Möglichkeit bekämst?», frage ich.

Sie schnaubt ihr bekanntes kleines Lachen.

Dieses Lachen, wodurch sie auf einmal ungemein traurig wirkt.

Eigentlich ist es mehr ein kurzer Atemstoß.

Ich will überhaupt nichts, besagt es. Ich will überhaupt nichts und ich glaube an nichts mehr.

«Reef?»

Sie weint. Lautlos.

«Ich würde lieber meinen Charakter wechseln, wenn ich die Möglichkeit bekäme», sagt sie.

«Was ist falsch an deinem Charakter?», frage ich.

Wieder dieses Lachen.

«Alles.»

Alles ist falsch an ihrem Charakter.

- ACHTZEHN -

Gegen Ende des dritten Jahres wurde Reva gebeten, die Hauptrolle in einem Musical für Jugendliche zu spielen. Die Proben und drei Voraufführungen sollten noch vor den großen Ferien stattfinden; sofort nach den Ferien sollte die Tournee mit Auftritten bei verschiedenen Sommer- und Uitmarkt-Festivals zum Auftakt der neuen Theatersaison starten. Da kaum Geld zur Verfügung stand, wurde hauptsächlich mit Noch-nicht-Absolventen von Theaterschulen und Tanzakademien gearbeitet, was den Vorteil mit sich brachte, dass die Schule Reva die Erlaubnis gab, die Rolle anzunehmen. (Schüler dürfen nicht «arbeiten», solange sie die Schule besuchen, Praktika dagegen sind erlaubt.)

Mir erschien es als ein schönes Projekt mit netten Leuten, aber Reva selbst hatte ihre Zweifel. Sie fand das Skript viel zu kindisch für die Zielgruppe. Es handelte von einem etwa dreizehnjährigen Mädchen, das den Gefahren von Sex, Alkohol und Drogen ausgesetzt ist, dabei jedoch von ihrem Alter Ego in Form eines von einem Schauspieler gespielten Teddybären auf dem rechten Weg gehalten wird. «Ein lebender Teddybär, darauf wartet in der Pubertät echt keiner!», rief sie immer wieder.

Dass sie diesmal eine Hauptrolle hatte, war einerseits ein Anreiz, andererseits machte es ihr ziemlich viel Stress. Meine Schwester ist perfektionistisch bis zum Wahnsinn.

Ihr war sehr bewusst, dass sie ihr «Hobby» bis dahin recht unauffällig hatte ausleben können – als Schülerin in der Schule und als Statistin in dem Theaterstück des DJs –, dass es jetzt aber ernst wurde. «Wenn ich scheitere, dann kippt das ganze Musical», behauptete sie. Diese Verantwortung machte sie schon vorab fast fertig.

Die Erfahrungen mit dem DJ waren ihr noch frisch in Erinnerung und hatten ihr Vertrauen in das eigene Talent ziemlich unterminiert.

Oder eigentlich deckt das Wort *unterminieren* die Sache nicht: Was sie an Selbstvertrauen besessen hatte, hatte der DJ systematisch aus ihr herausgeprügelt.

All das zusammengenommen führte dazu, dass sie das Musicalprojekt schon mit einem halben Nervenzusammenbruch begann.

Um das Unglück vollzumachen, fand Mitbewohner P. ein eigenes Zimmer in der Stadt und verließ zwei Monate früher als vereinbart ihre gemeinsame, vorübergehende Einhüte-Wohnung.

Und dann lebte sie plötzlich allein.

Reva hat eine Sterbensangst vor dem Alleinsein.

Besonders nachts.

Und so erstaunt es nicht sonderlich, dass meine Schwester seit diesem Zeitpunkt mit den berüchtigten Telefonaten begann. Am liebsten mitten in der Nacht. Wenn sie nicht schlafen konnte.

(Das konnte sie nie.)

Ich hob immer ab, weil ich vermutete, dass wohl doch mehr mit ihr los war als einfach nicht einschlafen können und sich noch nett unterhalten wollen.

Letzteres war eindeutig nicht ihre Absicht. Sie rief nicht

an, um Gespräche mit mir zu führen; was ich erlebt hatte, interessierte sie ebenso wenig wie meine Meinung zu dem, was sie mir erzählte. Sie hielt Vorträge. Über Dinge, die sie in den nächtlichen Stunden ausbrütete.

Ich riet ihr einige Male, ihre Gedanken aufzuschreiben anstatt mich mitten in der Nacht damit zu belästigen. «Dann lese ich sie am nächsten Tag», versprach ich, «gleich morgens, bevor ich zur Schule fahre.»

Ich absolvierte die Ausbildung zur Kunsterzieherin an der Amsterdamer Kunsthochschule und war zwei Tage die Woche als Praktikantin in einer weiterführenden Schule in Beverwijk. An diesen Tagen stand ich schon um halb sieben auf.

«Und dann bleibt es auch erhalten», erschien mir ein recht sinnvolles Argument. «Ich kann es mir ohnehin nicht merken, denn ich schlafe schon halb.»

Aber darum ging es nicht. Dass ich mir ihre Hirngespinste merkte oder dass sie für die Nachkommen erhalten blieben.

Ihr Kopf musste leer werden.

Das war einer der zwei wichtigsten Gründe für die nächtlichen Anrufe.

«Leute, die auf der Bühne stehen, haben Probleme mit Intimität», meldete sie mir zwei Nächte nach dem Auszug von P.

«Einen guten Morgen auch», sagte ich, um ihr klarzumachen, dass sie mich aufgeweckt hatte.

«Eine gute Nacht. Es ist halb drei. Leute, die auf der Bühne stehen, haben Probleme mit Intimität, sagte ich gerade.»

«Ja, ich habe es gehört. Wer behauptet das?»

«Ich.»

«Uff. Und ich dachte immer, das wären alles Exhibitionisten.»

«Das eine schließt das andere nicht aus.»

Ich sagte absichtlich nichts, um sie nicht zu weiteren Ausführungen zu ermuntern, aber Reva braucht keine Ermunterung, wenn sie ihre Ideen loswerden will. «Schauspieler zeigen ja angeblich so viel von sich», fuhr sie fort, «aber man sieht nur das, was sie einem zeigen wollen. Man sieht nie das Ganze. Es sind Kontrollfreaks. Sie können sehr gut lügen und betrügen, dazu sind sie ausgebildet. Sie verbergen die Dinge, für die sie sich schämen. Darum sind die meisten Schauspieler auch nicht zu einer dauerhaften Beziehung imstande. Sie wollen zwar gesehen, aber nicht demaskiert werden.»

«Reef, was machst du gerade?», fragte ich etwas besorgt.

«Ich verschaffe mir einen Überblick über mein Leben.»

«Ach. Na dann, viel Erfolg. Ich lege mich wieder schlafen, ja?»

Aber Pustekuchen. Eine halbe Stunde später rief sie wieder an.

«Es gibt verschiedene Arten von Intimität. Körperlich, emotional und spirituell. Körperliche Intimität ist nicht dasselbe wie Sex. Wenn man Sex mit jemandem hat, braucht man sich nicht unbedingt mit ihm verbunden zu fühlen.»

«Nein, du nicht», antwortete ich etwas zu schnell.

«Wieso ich nicht?», fragte sie beleidigt.

«Na, ich dachte gerade an diesen einen Rundfunk-Zwilling. *Ich weiß nicht mehr genau, welcher*», sagte ich.

«Ach. Willst du mir das jetzt für den Rest meines Lebens unter die Nase reiben?»

«Warum sollte ich?»

«Ich selbst habe an den DJ gedacht.»

«Aha. Hat er Probleme mit Intimität?», fragte ich, uninteressiert gähnend.

«Weiß ich nicht. Aber *ich* habe welche», antwortete sie. «Ich zeige niemandem, wer ich wirklich bin. Niemand darf wissen, was ich denke.»

Niemand außer ihrer Schwester, meinte sie wahrscheinlich.

Was für ein Glück für mich.

Ich war der einzige Mensch, der wissen durfte, was Reva dachte. Und wer sie war. Am liebsten mitten in der Nacht, wenn der Rest der Welt schlief. Ich war auserkoren. (Juhu!)

«Reef, meiner Meinung nach solltest du dich jetzt schön schlafen legen, morgen ist wieder ein normaler Arbeitstag, oder?»

Sie knurrte. «Ich kann nicht schlafen.»

«Na, dann lies doch noch etwas … Hast du ein Buch?»

Ja, hatte sie.

«Was liest du denn?», fragte ich, um mich einigermaßen nett zu verabschieden.

«Schopenhauer, *Die Welt ist eine Hölle.*»

Du liebe Güte, bei dem Mädel ist wirklich eine Schraube locker, schoss es mir durch den Kopf. Eine gute Wahl, Reef!, wollte ich sagen. Macht dich sicher schön relaxt. Aber ich verkniff es mir. Vielleicht wollte sie mich nur herausfordern?

«Na, dann viel Spaß mit dem Miesepeter.»

«Mar, nicht auflegen», flehte sie plötzlich. «Ich habe Angst.»

Ja, das kommt davon, wenn man derartige Bücher liest. Klar bekommt man dann Angst, hätte ich sagen können. Stattdessen fragte ich: «Wovor fürchtest du dich?»

Und dann folgte eine Diskussion, die sich nach dieser Nacht noch viele Male wiederholen sollte, und zwar ergebnislos, egal was ich versuchte.

Sie hatte Angst, dass jemand kommen und sie umbringen würde.

Und ich hatte darauf keine Antwort.

Ich konnte zwar sagen: «Das passiert nicht», aber woher nahm ich die Gewissheit, das zu behaupten? Es könnte im Prinzip passieren, das wusste Reva ebenso gut wie ich. Mehr noch: Es ist vor einigen Jahren passiert, bei der Cousine einer Cousine, die auch Studentin war und ein Zimmer bewohnte. «Aber ihre Haustür hatte offen gestanden», führte ich bei einem dieser Gespräche als Argument ins Feld, warum es Reva sehr wahrscheinlich nicht zustoßen würde. Als ob das einen Unterschied machte. Als ob «die» nicht immer überall hereinkommen könnten, wenn sie wollten.

«Aber warum sollten sie ausgerechnet dich umbringen?», fragte ich ein paarmal, was auch völlig daneben war, denn «die» hatten seinerzeit auch nicht speziell die Cousine abmurksen wollen. Es war einfach ihr verdammtes Pech gewesen, dass jemand die gemeinsame Haustür des Studentenheims offen gelassen hatte und zufällig ein sexuell frustrierter und geistig gestörter Unmensch vorbeikam, dem irgendwie danach war, jemanden zu vergewaltigen.

Ich weiß noch nicht mal, ob die Katastrophe mit der Cousine die wirkliche Ursache von Revas Angst war, ermordet zu werden.

Vielleicht schon.

Aber nach unserem soundsovielten gleicherweise verlaufenen Gespräch über die Frage, wovor genau sie denn Angst habe und warum, sagte sie auf einmal: «Wenn ich keinen Kontakt mit der Außenwelt habe, dann ist es, als ob es mich nicht gibt.»

Ich verstand nicht, was sie meinte.

«Wenn ich ganz allein bin, habe ich das Gefühl, zu verschwinden», erläuterte sie.

«Ich kapiere es immer noch nicht», sagte ich.

Es blieb eine Weile still. Ich hörte Papiergeraschel.

«Ich habe es irgendwo aufgeschrieben. Ich maile es dir noch.»

Am nächsten Tag fand ich es in meinem Posteingang. Fein säuberlich als E-Mail-Anhang:

Wie ein Buch seine Existenzberechtigung von der Tatsache herleitet, dass es gelesen wird, und eine Theatervorstellung dank des Publikums existiert, das sie sich ansieht, so habe ich das Gefühl, nur dann ein Teil der Welt zu sein, wenn ich einen Zeugen dafür habe. Jemanden, der, wenn es nötig ist, zu mir sagen kann: «Aber ja, ich habe dich gesehen, dich gibt es auch!»

Es «gab» sie erst, wenn jemand sie bemerkte.

Und das war der zweite wichtige Grund für die nächtlichen Telefonate: Ich musste sie mit meiner Aufmerksamkeit am Leben erhalten.

- NEUNZEHN -

«Hast du immer noch Angst, umgebracht zu werden, wenn du nachts allein bist?», frage ich Reva das nächste Mal, als ich sie spreche. Sie hat wieder ein paar Tage bei unseren Eltern übernachtet, in meinen Augen nicht wirklich *the place to be*, daher meine Frage.

Sie tut, als hätte sie mich nicht gehört.

Sie sitzt auf einem Hocker in meiner Küche, während ich zwei Brote mit Erdnussbutter für sie schmiere, weil sie «Hunger» hat.

«Reef?»

«Der Psycho sagt, es sei eine Frage der Projektion.»

«Wie bitte?»

«Dass ich meine eigenen Gefühle auf andere projiziere. Er sagt: ‹Sie fühlen sich nicht sicher bei *sich selbst* und ihr Gehirn sucht eine logische Erklärung für ihre Angst. Und denkt sich schlimme Männer aus, die kommen und Sie umbringen.› Dem Psycho zufolge bin ich selbst der Mörder, vor dem ich mich fürchte.»

Reva ist ein As im Projizieren; nachdem ich den Begriff kenne, weiß ich das. Sie könnte mühelos Weltmeisterin darin werden. Regelmäßig fragt sie mich, ob ich ihr böse bin, und wenn ich das verneine, liegt sie mir damit noch so lange weiter in den Ohren, bis ich es von selbst werde. Nach dem Streit stellt sich dann immer heraus, dass sie mir anfangs böse war. Meistens deshalb, weil ich ihr keine Aufmerksamkeit geschenkt hatte. Oder wie sie es sagt: keine *echte* Aufmerksamkeit. (Womit sie oft recht hat; sie spürt wie kein anderer, ob ich wirklich «echt» mit dem Kopf bei der Sache bin.)

Es freut mich übrigens zu hören, dass sie einen Therapeuten gefunden hat.

«Das heißt, du hast angefangen mit deiner Therapie?», frage ich.

Nein, das hat sie noch nicht, sie hat nur ein Orientierungsgespräch mit dem Psychiater über die geplante Vorgehensweise gehabt.

«Und? Wie werdet ihr vorgehen?»

Es war schon gar nicht so einfach gewesen, überhaupt einen guten Plan zu machen. Der Psychiater hatte ihr einiges über Essstörungen und womit das alles zusammenhängen könnte erklärt und Reva danach gefragt, was sie am liebsten wollte: eine Einzel- oder Gruppentherapie. Dabei ließ er durchschimmern, dass eine Gruppentherapie schwerer sei, dafür aber schneller zu Ergebnissen führe.

Reva hatte nicht sehr lange überlegen müssen. Am liebsten wäre ihr gar keine Therapie, aber wenn sie sich wirklich entscheiden musste, dann für die Gruppe. «Das stelle ich mir nämlich am allerschlimmsten vor.»

Das ist eines der Lebensmottos meiner Schwester: WAS ICH NICHT WILL, WIRD LETZTLICH WOHL DAS BESTE FÜR MICH SEIN.

Etwas, womit der Psycho überhaupt nicht einverstanden war.

«Man muss nicht immer das Schwierigste wählen», meinte er.

Er war mit ihrer Wahl erst einverstanden, nachdem

Reva hinzugefügt hatte, «ein schnelles Ergebnis» sehr zu bevorzugen und «so was wie Gespräche wirklich nicht» zu brauchen. Wobei sie das Wort «Gespräche» ausspricht, als handele es sich dabei um eine sehr beschämende Geschlechtskrankheit.

Reden kann sie schon.

Und sie tut es auch oft, sagt sie. «Ich rede mit jedem! Und ich kann auch jedem erklären, warum ich mich so verhalte, wie ich es tue. Es hat mir nur noch nie die Bohne weitergeholfen.»

Darum also die Gruppentherapie. In der es «jede Menge Konfrontationen geben wird», wie ihr der Psychiater versprach.

«Ich kann es kaum erwarten», hatte Reva erwidert.

Konfrontationen. Ihr Lieblings-Ding. Jeden Montagabend von sieben bis halb elf, und zweimal pro Quartal ein ganzes Wochenende lang.

«Und wann fängst du an?», frage ich.

«Nächste Woche», sagt sie mit einer Grabesstimme. «Falls ich mich bis dahin nicht endgültig ins Ausland abgesetzt habe.»

Man merkt: Sie hat Lust darauf.

«Warum hast du in der psychiatrischen Klinik eigentlich keine Therapie bekommen?», frage ich.

Sie wird noch nicht mal böse. Obwohl sie im Allgemeinen nicht gern an die Zeit erinnert wird, in der sie psychotisch war.

«Keine Ahnung», sagt sie. «Hielten sie nicht für nötig, denke ich. Ich bekam doch Tabletten?»

Als ob das eine das andere ausschließen würde.

«Ich dachte, du hast dort Spritzen bekommen», sage ich.

Das stimmt auch. Die Spritzen waren eine Alternative zu den Tabletten, falls Patienten diese verweigerten. Manchmal bekam Reva beides, wenn sie ganz besonders «unruhig» (sprich: widerspenstig) war.

«Ich lag da den ganzen lieben Tag zugedröhnt im Bett.»

«Na, aber nicht nur», helfe ich ihrer Erinnerung nach. «Du hast dich auch viel gestritten.»

«Ich?»

«Ja.»

Sie verzieht das Gesicht, als würde sie mir nicht glauben. «Mit wem denn?»

Mit mir zum Beispiel. Aber das sage ich nicht.

«Mit dem Pflegepersonal. Du bist regelmäßig ausgeflippt und hast dann mit Sachen geworfen. Mit Tellern und Besteck zum Beispiel, und einmal auch mit einer Videokamera.»

Sie weiß es nicht mehr.

Mir ist schon öfter aufgefallen, dass sie vieles von dem vergessen hat, was in der Klinik vorgefallen ist. Oder vielleicht hat sie es nicht vergessen, sondern es ist nie in ihr Bewusstsein vorgedrungen.

«Meinst du volle Teller?», fragt sie.

«Tja, ich bin mir nicht sicher», sage ich, «aber ich nehme an, du hast sie nicht erst fein säuberlich leer gegessen und auch noch schnell abgewaschen, bevor du damit um dich geworfen hast.»

In der Klinik waren feste Essenzeiten obligatorisch gewesen. Im Gemeinschaftszimmer, am Tisch und zusammen mit ihren Mitpatienten. Für meine Schwester drei faustdicke Gründe auszuflippen. (Obligatorisches Essen. Am Tisch. Zusammen mit anderen.)

«Ich war ziemlich weit hinüber, was?», fragt sie, nachdem sie eine Weile über ihrem Teller vor sich hingestarrt hat. Sie hat eine Brotrinde liegen lassen, aber der Rest der Butterbrote befindet sich schon länger als eine Dreiviertelstunde in ihrem Magen. Sie ist nicht zur Toilette gewesen.

«Ja», antworte ich.

Sie war ziemlich *weit hinüber*, damals in der Klinik.

Nicht von einem Tag auf den anderen natürlich.

Dem war eine ganze Wegstrecke vorausgegangen.

Und ich hatte kaum etwas davon mitbekommen.

- ZWANZIG -

Eines Tages fuhr Reva auf ihrem Rennrad von dem Probenraum in Amsterdam-Noord zu ihrer Einhüte-Wohnung im Jordaanviertel, wo sie jetzt also allein wohnte. Meine Schwester radelt immer superschnell, auch ohne Rennrad. Als würde sie fortwährend von einer Meute ausgehungerter Geparden verfolgt.

Ungefähr zweihundert Meter vor ihrem Haus bog ein Autofahrer im Rückwärtsgang um die Kurve. Reva konnte nicht mehr früh genug bremsen, das heißt, sie hat zwar gebremst, kam aber nicht rechtzeitig zum Stehen, knallte auf das Auto, rollte über den Kofferraum und landete auf der Straße. Zum Glück nicht auf dem Kopf, sondern auf den Knien, was ihr einen üblen Riss im rechten Meniskus einbrachte, wie sich später herausstellte. Aber so auf den ersten Blick schien nicht viel passiert zu sein, außer dass ihr Fahrrad ein Trümmerhaufen war: Das Auto war über das Vorderrad und die Vordergabel gefahren und parkte jetzt sozusagen darauf.

Der Autofahrer stieg aus, um sich den Schaden anzusehen. Erst an seinem Auto natürlich, mit dem nichts weiter war, danach den an meiner Schwester und ihrem Fahrrad.

«Er war sehr nett. Überhaupt nicht böse oder so», erzählte Reva mir hinterher erfreut.

«Tja, Mädchen, ich konnte dich nicht sehen …», hatte er

in mitfühlend-väterlichem Ton gesagt («Das heißt, ich habe sofort kapituliert, du verstehst!», jubelte Reva fröhlich), «du bist nämlich ohne Licht gefahren …»

«Wie spät war es denn?», fragte ich.

«Keine Ahnung, so gegen fünf vielleicht.»

«War es da denn schon dunkel?»

«Also nein, aber es fing doch schon an zu dämmern und …»

Das heißt, es war durchaus fraglich, ob Reva um diese Zeit schon Licht an ihrem Rad haben musste, und somit war es überhaupt sehr fraglich, bei wem die Schuld für den Unfall lag.

«Dann ist er aber gut davongekommen», unterbrach ich ihren hysterischen Bericht.

«Wieso?»

«Du hättest die Polizei anrufen und Zeugen hinzuziehen sollen. Vielleicht hätte dein mitfühlender und väterlicher Freund dann für dein Fahrrad blechen müssen.»

Also, das glaubte sie ja nun gar nicht, sie war sich ihrer eigenen Schuld wirklich sicher und hatte sich sehr gefreut, dass der nette Mann ihr nicht böse gewesen war und sie keine Schrammen auf seinem neuen Auto hinterlassen hatte. Er hatte das Fahrradwrack unter den Hinterrädern seines Wagens hervorgezerrt und ihr ans Herz gelegt, künftig ein wenig vorsichtiger zu sein. Richtig lieb! Und beim Abschied hatte er Reva die Hand gegeben, und da hatte sie gesagt – wohlgemerkt, während sie die Hand von diesem netten Mann in der ihren hielt: «Entschuldigung, dass Sie mich überfahren haben.»

Entschuldigung, dass Sie mich überfahren haben.

Im Ernst.

Es war absolut nicht witzig gemeint gewesen, aber als sie

es mir so durchs Telefon erzählte, musste sie laut darüber lachen.

«Haha, stell dir vor, das habe ich gesagt!»

Ich fand es ehrlich gesagt gar nicht witzig.

Ich fand es schlimm.

Es war, als könnte sie überhaupt nicht mehr zwischen sich und anderen unterscheiden.

«Leute, die in einer Großstadt wohnen, haben eine verkleinerte natürliche Aura», meldete sie mir einige Nächte später.

«…» Ich musste erst noch wach werden.

«Oder sie wollen keine Rücksicht auf deine nehmen. Ich merke es immer, wenn ich auf die Straßenbahn warte. Sie stellen sich einfach in dein Energiefeld.»

«Wie bitte?»

«In das Energiefeld, das man von Natur aus um sich hat und in das niemand einfach so hineintreten darf, ohne das ganz vorsichtig anzukündigen.» Sie klang ziemlich irritiert.

«Hat jeder so ein Feld?», fragte ich.

«Du wahrscheinlich nicht, du wohnst ja schon Jahre in der Großstadt und es gefällt dir sogar.»

«Ich liebe die Stadt», bejahte ich.

«Ich hasse sie. Und alle Menschen in der Stadt. Und ich hasse die Straßenbahn. Heute früh hat sich jemand quasi auf mich gesetzt, ich konnte wortwörtlich seine Gedanken verstehen.»

«Und? Was hat er gedacht?», fragte ich.

«Ach … uninteressantes Zeugs.»

«Was genau?»

«Nichts genau. Einfach an das Wetter. Es war Scheißwetter. Er hatte eine Scheißlaune.»

«Aber was hat er wörtlich gedacht?»

«WEISS ICH NICHT MEHR!»

«Reef, du hast einfach sein zu lautes iPod gehört», sagte ich, ohne weiter auf den Wahnsinn ihrer Behauptung einzugehen. Und auch ohne sie ernst zu nehmen. «Man kann nicht die Gedanken von jemand anderem hören.»

«Haha», lachte sie gezwungen. «Erzähle das deiner Großmutter. Es war ein gefährlicher, großer Surinamer, er hat sich auf mich gesetzt und gedacht: *Wenn das Weib sich jetzt traut, den Mund aufzumachen, bringe ich sie um.*»

So viel zu Projektionen.

- EINUNDZWANZIG -

Dass in ihrem Kopf alles so langsam ein bisschen durcheinanderlief, entging mir nicht. Aber ich machte mir deswegen auch nicht allzu viel Sorgen. Ich schob es auf den Schlafmangel und versuchte, Reva von der Wichtigkeit einer ausreichenden Nachtruhe zu überzeugen.

Ich hatte keine Ahnung, wie es um ihr Essproblem stand. Schlimmer: Ich hatte immer noch keine Ahnung, dass es überhaupt ein dauerhaftes Problem gab.

Reva war sehr beschäftigt mit den Proben für das Jugendmusical, mit Textlernen und anderen wichtigen Sachen, wodurch wir uns nicht viel sahen.

Sie rief jedoch nach wie vor mit großer Regelmäßigkeit an. Immer öfter eigentlich, und immer nachts. Vincent beklagte sich nie deswegen, obwohl er sich zweifellos dadurch behelligt fühlte. Ich packte mein Telefon unter mein Kopfkissen, um das Klingeln zu dämpfen, und sobald Reva anrief, ging ich in die Küche, um ihn nicht zu stören, aber trotzdem wachte er meistens auf.

«Wenn du wissen willst, wie jemand ist, dann hör nicht auf das, was er sagt, sondern schau auf das, was er tut», wollte sie mir eines Nachts dringend mitteilen.

«Den kenne ich schon.» Ich gähnte. Reva tat, als hätte sie nichts gehört, und monologisierte einfach weiter.

«Die Leute benutzen Worte, um dich hinters Licht zu führen. Um dich auf Distanz zu halten. Sie führen angeblich ein Gespräch mit dir, aber sie wehren dich ab.»

«Wow.»

«Ich achte ganz oft einfach nur auf den Ton und darauf, wie jemand seine Worte ausspricht. Ich vergesse, auf die Bedeutung zu achten. Und doch erfahre ich so eine ganze Menge.»

«Aber du siehst immer ohne Ton fern!», rief ich verwundert.)

«Ja, darum.»

«Warum!?»

«Dann brauche ich mir dieses Gelaber nicht anzuhören.»

Ihren Darlegungen war nicht immer eine Logik zu entnehmen.

«Wenn ich ein Palindrom auf dem Wecker sehe, muss ich so lange ohne zu zwinkern hinschauen, bis es vorbei ist», meldete sie mir eine Viertelstunde später.

«Ja und?»

«Mir tun die Augen weh davon.»

«Dann lass es doch einfach!»

Sie seufzte geringschätzig. Als ob man Dinge einfach so sein lassen könnte, von denen das eigene Leben abhängt. Und als ob ich das nicht wüsste. Sie hätte es mir oft genug erklärt.

«Und was für ein Palindrom siehst du jetzt?», fragte ich, um das Gespräch in Richtung der bitter nötigen Nachtruhe zu lenken.

«Zwei drei zwei. Wenn ich mir den Doppelpunkt wegdenke. Warum redest du so laut?»

Ich redete überhaupt nicht laut. Ich redete möglichst leise, denn ich hatte keine Lust, aus dem Bett aufzustehen.

«Alles ist so laut in letzter Zeit. Alle schreien mich immer nur an!», klagte sie.

Die Einzige, die schrie, war Reva selbst.

«Er treibt es auch mit E.!», brüllte sie mir in der nächsten Nacht panisch ins Ohr.

«Warte mal, Reef … Wer ist er und wer ist E.?»

«E. ist im zweiten Jahr. Ich habe mit ihr im Smoeshaan geredet. Sie sah einfach nicht aus, du weißt schon, Modell durchtrainierte Gazelle. Ich konnte es nicht lassen, sie zu fragen, was passiert war. Und du errätst es nie …»

Ich erriet es sofort. «Vom DJ missbraucht und einer Gehirnwäsche unterzogen.»

«Hä?»

«Oder?»

«Na, ich wollte eigentlich …»

Ich wusste genau, was sie wollte.

«Du wolltest dich eigentlich bei mir ausweinen, weil dein geliebter DJ mit einer anderen vögelt», sagte ich grob.

Ja, das hatte sie vorgehabt, wie an der verdutzten Stille am anderen Ende der Leitung zu hören. Aber da war sie mitten in der Nacht bei mir an der falschen Adresse.

«Natürlich treibt er es auch mit E.», rief ich wütend. «Was hattest du denn erwartet? Er treibt es mit jeder! Du glaubst doch nicht, ein Narzisst wie der DJ würde sich mit einer einzigen Anbeterin zufriedengeben?»

Ohne etwas zu sagen, legte sie auf. Offenbar kam ihr meine Sichtweise nicht gelegen.

Nach einer Stunde rief sie wieder an.

«Ich habe nachgedacht», sagte sie. «Du hast recht. Was den DJ angeht. Er treibt es wahrscheinlich mit jeder. Aber es geht ihm nicht um den Sex!»

«Es schert mich einen Dreck, worum es ihm geht. Jeder Gedanke, den ich an diesen Schwachmaten verschwende, ist einer zu viel. Gute Nacht.»

«Es ist nämlich nur drei Mal passiert, und was passiert ist, war vom Niveau her betrüblich.»

«Halt, stopp!» Ich war erst mal sprachlos. Das ist die Art von Informationen, die ich gerne höre, wenn es um fürchterliche Personen geht. «Details bitte», befahl ich.

«Ach. Also jetzt ist es dir plötzlich nicht mehr zu viel, einen Gedanken an diesen Schwachmaten zu verschwenden», sagte sie beleidigt. «Sobald es um schmutzige Details geht, wirfst du einfach deine ganzen Prinzipien über Bord.»

«Reef, ich liege schon eine Stunde wach seit deinem letzten Anruf, also leg los. Ich habe auch Rechte.»

Nach einigem Gemecker der Form halber erzählte sie weiter. Sie wollte nur zu gern ihre Geschichte loswerden.

«Es war dieser Blitz-Sex, du kennst das. Du blinzelst einmal mit den Augen und schon ist es vorbei. Dass du hinterher denkst: Bestimmt habe ich mir das bloß eingebildet.»

Ich kannte das keineswegs. Aber so langsam konnte ich mir etwas darunter vorstellen.

«Das heißt, er hat rein gar nichts fertiggekriegt?», fragte ich, um das Bild für mich noch klarer zu bekommen.

«Na ja, es kann auch an mir gelegen haben, aber E. sagt das Gleiche.»

«Bei ihr hat er auch rein gar nichts fertiggekriegt», schlussfolgerte ich. Für mich konnte es gar nicht deutlich genug gesagt werden.

«Er tut es, um sich selbst zu testen, denke ich», sprach sie daraufhin feierlich, als ob sie ein großes Mysterium entwirrt hätte.

Ich dachte, ich hätte sie nicht recht verstanden. «Was tut er, um sich selbst zu testen?»

«Schülerinnen aufreißen», sagte sie triumphierend. «Es ist für ihn eine Übung, dem Feuer möglichst nahe zu kommen, ohne sich dabei die Finger zu verbrennen. Er labt sich an unserer Verliebtheit und hat zugleich eine Todesangst, sich selbst zu verlieben.»

Es war mitten in der Nacht, ich wollte schlafen und das Gespräch beenden. Und auch alle romantischen Spekulationen über den DJ, wenn möglich für immer.

«Reva, lieber Schatz, hör mir gut zu, denn ich sage das hier nur ein Mal …» Ich holte tief Luft, um möglichst beherrscht und klar mein Schlussplädoyer gegen den DJ zu halten. «DU IRRST DICH. Der DJ hat keine Angst, sich zu verlieben, denn das ist er schon sein ganzes Leben lang. Und zwar in sich. Das Aufreißen junger, unsicherer, am liebsten schöner, aber vor allem begabter Mädchen hat überhaupt nichts mit Liebe oder Verliebtheit zu tun. Es geht um Macht. Es geht dem DJ darum, möglichst viele talentierte Mädchen in seiner Macht zu haben, weil er selbst zu nichts Talent hat. Er ist ein perverser, gestörter und sehr gefährlicher Irrer. Gute Nacht.»

Ich hielt es für an der Zeit, meiner Schwester die Augen zu öffnen.

- ZWEIUNDZWANZIG -

Aber vielleicht war ich etwas zu voreilig gewesen.

Manchmal sind Menschen zu verletzlich, um die Realität zu ertragen.

Oder, ohne dass man es geahnt hat, auf einmal zu verletzlich geworden.

«Glaubst du, der DJ käme zu meiner Beerdigung?», fragte sie mich wieder eine Nacht später.

Ihre Beerdigung ist ein regelmäßig wiederkehrendes Gesprächsthema zwischen Reva und mir, und so wunderte mich ihre Frage nicht.

«Das hängt davon ab, wie berühmt du zu der Zeit bist», antwortete ich. «Bist du berühmt genug, hält er wahrscheinlich eine Ansprache. Und gibt eine Traueranzeige in der *Volkskrant* und der *NRC* auf, und darunter fett gedruckt sein Name.»

«Aber wenn ich *jetzt* sterben würde?»

«Kommt er nicht. Schade um seine Zeit.»

Sie reagierte nicht.

«Reef, was machst du gerade? Verschickst du schon Einladungen oder was?» Wie immer bei dem Thema tat ich ziemlich locker. Im Nachhinein betrachtet war es nicht das erste Mal, dass ich mich eher schroff über das hinwegsetzte, was sie mir eigentlich erzählen wollte.

«Hm ...»

«Wie läuft es mit den Proben?», fragte ich.

«Scheiße.»

«Warum?»

«Es geht alles so langsam.»

Erst jetzt fiel mir auf, wie müde sie sich anhörte. «Was geht langsam?»

Alles in ihrem Kopf ging langsam. Sie konnte nicht mehr gut nachdenken und keine Entscheidung treffen. Es dauerte Stunden, bevor sie morgens entschieden hatte, was sie anziehen sollte und ob sie ihre Haare nun waschen würde oder nicht. Es war, als würde anstelle von Blut ein dicker Sirup durch ihre Adern kriechen.

Ich sagte ihr, was ich immer sagte. Dass sie zu wenig schlief und dass, wer nicht schläft, auch nicht funktionieren kann.

«ICH KANN NICHT SCHLAFEN!», schrie sie. Es klang ziemlich verzweifelt.

Ich wiederholte nochmals, was ich ihr schon so oft geraten hatte. Dass sie den Hausarzt um Schlaftabletten bitten sollte. Aber Reva hält nicht viel von Tabletten. Auch nicht vom Alkohol übrigens.

«Und Schopenhauer? Kann der dir nicht helfen?», fragte ich, um etwas anderes zu versuchen. «Der ist einschläfernd genug, wenn du mich fragst.»

«Ja, für dich ist es leicht, zynisch zu sein», antwortete sie irritiert. «Aber der Mann hat ganz wichtige Dinge gesagt und geschrieben. Dinge, die mir tatsächlich helfen. Das ist dir noch nie gelungen.»

Dieser Seitenhieb hätte mich fast zum Lachen gebracht.

«Sag mir ein Ding, das dir geholfen hat», bat ich sie.

«Nein. Du machst ja doch nur alles herunter.»

«Ein Ding. Es interessiert mich wirklich», sagte ich. Es

war mein voller Ernst. Ich wollte gern wissen, inwiefern sich meine Schwester in dem pessimistischen Philosophen wiedererkannte. Und wie er ihr *half.* Sie hatte mir einmal erklärt, dass es sie beruhigte, jemanden zu lesen, der ihr zur Abwechslung einmal *nichts* vormachte. Der ihr *nicht* vorlog, wie das Leben ist. Oder sein könnte. Oder sein müsste. («Allein schon der Titel: *Die Welt ist eine Hölle!* Da weiß man doch gleich, bei dem Mann ist man richtig.»)

Sie musste lange seufzen. Aber zuletzt gab sie nach.

«Unser größtes Leiden wird durch unsere Erwartungen verursacht», zitierte sie auswendig. «Wir denken, das Leben müsste uns Glück bringen. Aber das Leben hat uns NICHTS zu bieten. Wenn man nichts erwartet, wird man auch nicht enttäuscht.»

Es erinnerte mich an einen Satz aus einer ihrer Etüden:

Wer keine Freunde hat, wird auch nicht von ihnen im Stich gelassen.

DAS LEBEN HAT UNS NICHTS ZU BIETEN.

Auf mich wirkte das ziemlich zynisch, aus dem Munde einer, die kaum mit dem Leben angefangen hatte.

– DREIUNDZWANZIG –

Ein paar Tage später erhielt ich in der Schule einen Anruf von der Produktionsassistentin des Musicals. Ob ich kommen und meine Schwester abholen könnte, denn es ginge nicht mehr.

Offenbar hielt sie schon zwei Wochen lang die Proben mit endlosen Diskussionen über die Interpretation ihrer eigenen Rolle und die der anderen auf; komplizierten Gedankenkonstruktionen, aus denen kaum einer schlau wurde und deren hauptsächliches Ziel eine Verlängerung der Gnadenfrist zu sein schien. Der Gnadenfrist, bevor es hieß: «hinaus auf die Bretter» und sich bloßstellen.

Ich kam in den Probenraum und der erste Gedanke, der mir durch den Kopf schoss, war: Warum habe ich das nicht kommen sehen?

Sie saß auf einem Stuhl, die Augen weit aufgerissen, und redete mit einer merkwürdig monotonen Stimme auf den Regisseur ein, der ab und zu einen vergeblichen Versuch machte, sie zu unterbrechen. Der Rest der Besetzung lungerte lustlos mit einer Tasse Kaffee im Raum herum; mürbe und vom vielen Labern abgestumpft.

Ich musste an den Film *Zeit des Erwachens* denken, nach einem Buch von Oliver Sacks über Menschen mit einer Schlafkrankheit. Es gab eine auffallende Ähnlichkeit zwischen meiner Schwester und den menschlichen Statuen aus dem Film. Denn obwohl Reva in einem fort schnatterte, sah sie aus, als hätte sie sich in einem unaufhaltsamen Mahlstrom von Gedanken festgefahren. Ich dachte: Nicht mehr viel und es gibt einen Kurzschluss in ihrem Kopf und sie setzt aus. Und erstarrt völlig in ihrer Angst.

Und mir fiel ihr Anruf von vor einigen Tagen ein. *«Wenn du wissen willst, wie jemand ist, dann hör nicht auf das, was er sagt, sondern schau auf das, was er tut.»*

Ich schaute zu Reva.

Das Einzige, was sie hier tat, war, alle auf Distanz zu halten.

Ich wagte nicht, zu ihr hinzugehen oder meine Anwesenheit kundzutun. Ich war davon überzeugt, dass sie, sobald ich sie anfasste oder ansprach, wie ein Kartenhaus in sich zusammenfallen würde.

Während ich noch zögerte und überlegte, was zu tun sei, verließ die Produktionsassistentin auf mein Bitten hin den Raum und telefonierte mit einem Arzt. Hinter ihr schlug die Tür mit einem Knall zu. Dadurch schaute Reva in meine Richtung. Sobald sie mich sah, begann sie am ganzen Körper zu zittern. Sie hob den Arm, als ob sie mich abwehren wollte, und schaute mich mit einem Blick in den Augen an, der mir einen kalten Schauer über den Rücken jagte. Wütend und voller Angst zugleich. Wie ein Tier, das sich in die Enge getrieben fühlt und sich auf den Angriff vorbereitet. *Sieh dich vor!*, las ich in diesem Blick. Und: *Komm mir bloß nicht zu nah!*

Ich blieb stehen, wo ich war, und sagte möglichst ruhig: «Reef, ich komme dich abholen, es geht dir nämlich nicht gut.»

Es war, als hätte ich den Startschuss für einen Free-Fight-

Wettkampf gegeben. Reva brach in Geschrei aus, fasste ihren Stuhl und drosch wie wild damit um sich. Alles Mögliche flog durch den Raum: Kaffee, Papierblätter, eine Tasche, eine Wasserkanne aus Glas, auch eine Scheibe ging zu Bruch. Einige ihrer männlichen Kollegen versuchten, sie zu überwältigen, und handelten sich den Schreien zufolge, die ich vom Flur aus auffing, treffsichere Schläge ein.

Ich war inzwischen davongelaufen.

Konnte es nicht mitansehen.

Alles zusammengenommen hat es vielleicht zwanzig Minuten gedauert, bis ein Arzt eintraf, und recht schnell danach auch der Krisendienst und ein Rettungswagen, aber mir erschien es wie eine Ewigkeit. Reva wurde mit einer Spritze ruhig gestellt, in eine Decke aus Aluminiumfolie gewickelt und auf einer Tragbahre festgeschnallt.

Ich fing einen Schimmer von ihr auf, als sie sie durch den Flur zum Krankenwagen fuhren.

Meine Schwester lag da wie eine Leiche.

Ich kam mir wie eine fürchterliche Verräterin vor.

– VIERUNDZWANZIG –

«Die Therapie, die ich mache …»

Ich höre eine Zeit lang nichts mehr, nur ein paar ganz tiefe Seufzer.

«Ja …?»

«Die ist FÜRCH-TER-LICH.»

«Was denn?»

«Ich habe nicht den Mut, es zu erzählen.»

Ich bin echt neugierig auf Revas Therapie, aber ich verstehe durchaus, dass so etwas ziemlich privat ist und sie das, was da geschieht, lieber für sich behält.

«Na, dann nicht», sage ich fröhlich. «Gute Nacht!»

Funktioniert immer wie geschmiert.

Schon früher, als sie noch ganz klein war, war es bei uns zu Hause verboten, den G-N-Wunsch auszusprechen. Obwohl sie selbst noch nicht sprechen konnte, wusste Reva, was von ihr erwartet wurde, sobald jemand aus Versehen Gute Nacht sagte: dass sie schlafen ging. Hundertmal kam sie dann wieder aus dem Bett. Unsere Mutter musste immer so tun, als ob wir überhaupt nicht schlafen gingen. Nachdem sie uns etwas vorgelesen hatte, machte sie noch nicht mal das Licht aus. Dann besah sich Reva Bilderbücher oder malte in ihr Malbuch, und meistens schlief sie dann nach einer halben Stunde von selbst ein. Mit einem Buntstift hinten im Hals (die größte Angst unserer Mutter).

«Nein, warte!», ruft sie. «Ich will es ja erzählen, aber du musst mir versprechen, nicht zu lachen.»

Ich verspreche es. Kann mir überhaupt nicht vorstellen, dass es lustig ist, was sie zu erzählen hat.

Ich bekomme recht.

Lustig ist es wirklich nicht.

Die Psychotherapie, die sie macht, heißt «Bonding» und beruht auf der Überzeugung, dass ein erwachsener Mensch sich seine Bedürfnisse alle selbst erfüllen kann, ausgenommen den nach Körperkontakt. Dazu braucht man einen anderen. Daher das «Bonden» (festhalten, umarmen): Die körperliche Nähe eines anderen ruft sofort starke Gefühle hervor, oder Erinnerungen an Gefühle aus der Vergangenheit. Angefangen bei Wut, Angst und Trauer bis hin zu Freude und allem, was dazwischenliegt.

Konkret läuft es auf Folgendes hinaus: Während einer anderthalbstündigen «Sitzung» wird paarweise gearbeitet. Wer «arbeitet», liegt mit dem Rücken auf einer Matte, und der Partner legt sich wie eine Art Teddybär obendrauf. Die Arme hat man umeinander gelegt. Das heißt, im Idealfall. Es muss nicht sein. Nichts muss sein. Man darf auch gerade dasitzen oder stehen. Oder mit dem Rücken an den Rücken des anderen gelehnt dasitzen. Das einzige Obligatorische in der Therapiegruppe ist, anwesend zu sein. Immer. Auch wenn man krank ist. Sonst gerät die restliche Gruppe in Stress.

Reva durfte sich, weil sie das erste Mal da war, selbst einen Partner aussuchen. Ihre Wahl fiel auf eine freundlich aussehende Frau um die vierzig, «mit der so dem Anschein nach nichts zu sein schien».

«Ach, du hast dich also nicht sofort für einen Serienvergewaltiger entschieden?», frage ich zum Spaß.

«Nein», sagt sie todernst. «Ich dachte, ich lasse es eher ruhig angehen.»

«Und was bedeutet ‹arbeiten› in diesem Fall?»

«Ja. Hm … Du sagst jetzt nichts Blödes, nein?!»

«Ehrenwort.»

«Schreien. Es ist auch eine Art Schreitherapie.»

Daher ihre heisere Stimme. Ich dachte, sie wäre erkältet. Keine albernen Witze machen jetzt. Etwa darüber, dass sie offenbar ziemlich hart gearbeitet hat.

«Und, äh … was schreist du dann?»

«Was immer du willst.»

«Ist es nicht sonderbar, das zu tun?», frage ich.

Doch, das war es. Und peinlich auch. Besonders zu Anfang. Zum Glück war die Partnerin sehr nett und hilfsbereit gewesen. Sie hatte Reva geraten, einfach mit irgendeinem Laut zu beginnen. Mit einem A oder so.

«Aber weil es einfach schaurig ist, mit einer fremden Person auf dir drauf rücklings dazuliegen, schreist du dir in kürzester Zeit die Lunge aus dem Leib.»

«Und – entschuldige bitte, dass ich es frage –, aber äh … erinnert es nicht irgendwie an Sex, wenn man da so auf dem Rücken liegt?», frage ich.

Es erinnerte sie nicht im Entferntesten an Sex. «Um dich herum hörst du nämlich alle brüllen und heulen, und zu allem Überfluss muss manchmal auch noch jemand reihern.»

«Wie bitte???», frage ich erschrocken.

«Ja. Einfach so in der Öffentlichkeit.»

Das war für meine Schwester so ungefähr das Schlimmste des ganzen Therapieabends.

«Die Leute scheinen aus Wut zu kotzen», erzählt sie. «Oder wenn sie ganz buchstäblich etwas *Unverdauliches* verarbeiten müssen. Das jedenfalls sagt der Psychiater. Der steht einfach daneben und ruft: ‹Sehr gut, nur immer raus damit!› Es stehen auch überall Eimer. Igitt!»

Das heißt, während ihrer «Arbeit» hat sie noch recht viel Zeit gehabt, sich nach dem umzuschauen, was die anderen so anstellten.

«Und was bringt es, das Geschrei?», frage ich.

Das weiß sie nicht. Bislang nicht viel. Außer dass sie jetzt todmüde ist und glaubt, sie würde demnächst entgegen ihrer Gewohnheit sofort einschlafen. Aber dieses Gefühl hätte sie auch, wenn sie einen Zwanzigkilometerlauf gemacht hätte. (Was sie nur leider nie tut.)

«Es geht glaube ich darum, dass allerlei Erinnerungen in einem hochkommen, oder Bilder aus der Vergangenheit, und dass man letztendlich sein eigenes Verhalten versteht und dadurch vielleicht irgendwann ändern kann …»

Vielleicht irgendwann. Das klingt nicht sehr hoffnungsvoll.

«Und was für Bilder sind in dir hochgekommen?», frage ich.

«Keine.»

Das Einzige, was bei Reva hochkam, war Ekel.

«Aber glaube nur nicht, ich würde irgendwann in so einen Eimer kotzen», ruft sie.

Das glaube ich keineswegs.

Ich denke, meine Schwester ist sehr gut imstande, zur Toilette zu gehen und dort unbemerkt von der Außenwelt ganz allein ihre Wut und ihren Ekel herauszuwürgen.

- FÜNFUNDZWANZIG -

Es ist gelinde gesagt etwas befremdlich, dass in der psychiatrischen Klinik, die Reva aufgenommen hatte, ihre «Essstörung» niemals Beachtung fand und man ihr nicht sofort eine gehörige Therapie verpasst hat. Der Grund ist wahrscheinlich, dass sie es bis vor Kurzem noch schaffte, die Störung vor jedem verborgen zu halten.

Weil es für sie in Amsterdam keinen Platz gab, landete Reva in einer Einrichtung in Vogelenzang.

Ich war nicht mit ihr im Rettungswagen mitgefahren; die Rettungssanitäter hatten mir davon abgeraten. Sie würde noch stundenlang weggetreten sein, und nach der Ankunft in der Klinik würde man sie vielleicht zur Beobachtung in eine Isolierzelle stecken. «Sie haben nichts davon und Ihre Schwester auch nicht.»

Ich ging nach Hause, wo ich den restlichen Tag lang vergeblich versuchte, mir das Bild meiner bewusstlosen Schwester auf dieser Bahre aus dem Kopf zu schlagen.

Am nächsten Tag durften meine Mutter und ich zu einem Gespräch mit dem Psychiater vorbeikommen.

Er hieß Bert und hatte das Äußere und die Manieren eines Gorillas. Dass jemand wie Bert Psychiater hat werden können, ist für mich nach wie vor ein interessantes Phänomen. Offenbar wurden, was kommunikative und empathische Fähigkeiten anging, in seiner Zeit an Psychiatriestudenten keine sonderlichen Anforderungen gestellt.

Ich fragte mich gerade, warum ausgerechnet dieser Arzt auf die Neuankömmlinge losgelassen wurde, als meine Schwester, die leider selbst auch bei dem Gespräch anwesend war, es laut aussprach: «Können wir dieses Gespräch nicht mit einer normalen Person führen?»

«Was meinst du, Reef?», fragte meine Mutter erschrocken, während ich vor Nervosität auflachte.

«Ich meine, dass ich nicht die geringste Lust habe, mit diesem Hell's Angel über mein Leben zu reden.»

Falls meine Schwester schon Medikamente bekam, dann hatten sie noch nicht merklich angeschlagen. Jeder Gedanke, der ihr in den Kopf kam, wurde laut und deutlich geäußert und wenn nötig mehrfach wiederholt. («Ist ihm doch egal, wie es mir geht. Schaut euch das an, er sitzt einfach da und gähnt! Ich werde so einem uninteressierten Bauernflegel doch nicht erzählen, wie ich mich fühle!» Und: «Ma! Keine Antwort geben! Einem mit der Visage eines Serienmörders kann man nicht über den Weg trauen!»)

Bert schien das alles überhaupt nichts auszumachen. Stoisch und mitten durch Revas Tirade hindurch befragte er uns weiter zur ihrer Krankengeschichte sowie ihrem Medikamenten- und eventuellen Drogenkonsum.

«He, du Schlappschwanz! Es geht doch um mich, oder? Also schau mich gefälligst an, du Arsch!», rief sie ein paarmal.

Zuletzt wurde sie von zwei «Bodyguards», wie sie die Pfleger nannte, in die Isolierzelle abgeführt. Nicht wegen ihrer verbalen Aggression, «denn das halten Psychiater schon aus», sondern weil sie ihm zuletzt ins Gesicht gespuckt und Gegenstände an den Kopf geworfen hatte. Gegenstände von seinem Schreibtisch, wie gerahmte Fotos und einen ziemlich gewichtigen Briefbeschwerer (dem Knall nach zu urteilen, den es gab, als das Ding auf dem Boden landete).

Meine Mutter sagte zu Bert: «Ich bin überhaupt nicht damit einverstanden, dass sie hier isoliert wird. Meiner Meinung nach schadet das mehr, als es nützt. Ich habe sie noch nie so aggressiv gesehen.»

Darüber konnte Bert nur abfällig lachen.

Im Bus nach Hause sagte meine Mutter, die ich noch nie bei irgendeiner Form der Aggressivität habe ertappen können: «Ich hätte ihm am liebsten selbst ins Gesicht gespuckt.»

Bert brauchte sich keine komplizierten juristischen Kapriolen einfallen zu lassen, um Reva einzusperren, womit ich meine, dass er nicht über irgendwelche Behörden eine Zwangseinweisung veranlassen musste, denn zu unserem Erstaunen stimmte Reva selbst einer Aufnahme zu.

Wir saßen dabei, als Bert sie fragte, ob sie aufgenommen werden wollte. Das erste Mal kreischte sie zur Antwort: «Nicht von dir, du Saftsack!» Aber als er seine Frage zweimal wiederholte und noch hinzufügte: «Oder glauben Sie, Sie sind imstande, nach Amsterdam zurückzufahren und *allein* zu wohnen?», antwortete sie beim zweiten Mal: «Keine Ahnung …», und beim dritten Mal knurrte sie nur noch. Was Bert, wie sich später zeigen sollte, zu Recht, als: «Ja, ich will hierbleiben» interpretierte.

Am nächsten Tag hatte sie einen Vertrag unterschrieben, in dem sie erklärte, der Aufnahme sowie dem Behandlungsplan zuzustimmen, und in dem sie versprach, keinen Suizid zu begehen.

Bert urteilte, dass Reva an einer reaktiven Psychose litt,

verursacht durch Selbstverwahrlosung (nicht schlafen und nicht oder nur ungesund essen) in Kombination mit knallhartem Stress.

Sein Behandlungsplan war, sie mit Antipsychotika vollzustopfen und danach, wenn die Medikamente ihr wundersames Werk verrichtet hätten, wieder auf die Welt loszulassen.

«Und dieser Stress?», hat meine Mutter noch gefragt. «Was machen Sie dagegen?»

Dagegen würden sie in Vogelenzang überhaupt nichts machen.

Das sei nicht ihre Aufgabe.

– SECHSUNDZWANZIG –

«Ich stecke im falschen Körper.»

«Liebe Güte, Reef, was denn nun wieder?»

Wir haben so ungefähr alles gehabt, bekommen wir jetzt auch noch die Genderdysphorie?

Aber so schlimm ist es nicht.

Sie hätte in dem Körper eines bildschönen, langbeinigen Fotomodells stecken müssen. Findet sie. «Jorinde sagt es auch.»

«Wer ist Jorinde?»

«Meine Freundin aus der Therapie.»

«Mit der du neulich das erste Mal ‹gearbeitet› hast?», frage ich.

«Ja, das erste und das zweite Mal. Aber nächste Woche geht es nicht mehr, denn man darf nicht öfter als zwei Mal hintereinander mit derselben Person. Jorinde sagt: ‹Du bist bildschön von innen.›»

«Na, sieh mal an. Das hat sie schnell herausgefunden.» Es klingt unfreundlicher als beabsichtigt, und Reva legt ohne etwas zu sagen auf.

«Bist du vielleicht böse, weil ich eine Zeit lang nichts von mir habe hören lassen?», fragt sie, als ich sie zurückrufe.

«Nein, überhaupt nicht. Ich dachte: Dann geht es ihr sicher gut.»

«Das war auch so.»

«Schön. Aber wo ich gerade mit dir rede, hätte ich noch eine Frage.»

«Erst versprechen, dass du nie mehr etwas Unfreundliches über meine Freunde aus der Therapie sagst.»

Ich verspreche es. Und stelle danach meine Frage.

«Warum hast du damals eigentlich einer Aufnahme bei diesem fürchterlichen Bert zugestimmt?»

«Warum willst du das wissen?», fragt sie misstrauisch. «Was tust du gerade?»

«Nichts. Ich habe neulich im Fernsehen eine Doku über erzwungene Aufnahmen in die Psychiatrie gesehen», lüge ich. «Und da habe ich mich das halt gefragt.»

«Wie hieß die Dokumentation?»

Zum Kuckuck. Meine Schwester ist ja vielleicht fanatisch! Wenn man ihr etwas verheimlicht, denkt sie sofort, man schmiedet gerade ein Komplott gegen sie.

«Weiß ich nicht mehr. Ich suche es für dich heraus. Bekomme ich noch eine Antwort?»

«Hm …» Nicht von Herzen, lässt sie mich deutlich spüren. Aber sie reißt sich zusammen.

«Es klingt vielleicht etwas unlogisch, aber in den Wochen vor der Aufnahme hatte ich die ganze Zeit Angst, verrückt zu werden …»

«Äh … meiner Meinung nach *warst* du das schon ein bisschen», unterbreche ich sie.

«Ja, vielleicht …», bejaht sie. «Aber ich musste meine gesamte Energie aufwenden, um den echten Wahnsinn abzuwenden. Um zwischen der Wirklichkeit und meinen Gedanken unterscheiden zu können. Ich hatte die ganze Zeit Angst. Auch vor meinen Kollegen. Ich dachte, alle würden mich hassen. Was in meinen Augen auch logisch war, denn ich sagte immer die falschen Sachen. Und dann habe ich mich dafür wiederum endlos entschuldigt. Und danach habe ich mich wieder dafür entschuldigt, dass ich so viel Zeit für meine Entschuldigungen brauchte. Ich fand gar kein Ende mehr.»

Das weiß ich noch. Ich erinnere mich an solche Telefonate. Sie hatte viel Kritik an dem Skript des Musicals und an der Regie. Aber sobald sie diese Kritik äußerte, wurde sie von Angst und Schuldgefühlen überfallen. Hatte sie denn das Recht, so kritisch zu sein? Und hatte sie ihre Einwände auch differenziert genug in Worte gefasst? War es nicht respektlos gegenüber den Machern? Und immer so weiter.

«Aber als ich dann in Vogelenzang war, bei diesem schrecklichen Bert, konnte ich es einfach laufen lassen», fährt sie fort. «Da brauchte ich mich nicht mehr so fürchterlich anzustrengen. Ich musste mich nicht mehr perfekt benehmen, nicht mehr auf meine Worte achten. Ich musste nichts.»

«Und das hat dir gefallen, nichts zu müssen.»

«Äh … ja. Das gefällt mir immer noch. Wenn man nichts von mir erwartet.»

WENN MAN NICHTS VON DIR ERWARTET, KANNST DU AUCH NIEMANDEN ENTTÄUSCHEN. Reva und wie sie die Welt sah. Mittlerweile kenne ich mich da einigermaßen aus.

Vogelenzang war faktisch eine Art Niemandsland, und die freiwillige Aufnahme ein großer Fluchtversuch vor dem Musical, dem Regisseur, den Kollegen und Rezensenten. Kurz, vor dem echten Leben.

«Also dann, danke», sage ich möglichst munter. «Und Jorinde hat recht. Du bist auch von innen schön.»

- SIEBENUNDZWANZIG -

Es war deutlich zu merken, dass Reva in Vogelenzang keine Anstrengung mehr unternahm, sich «perfekt zu betragen». Der Gegensatz zu dem Verhalten, das wir von ihr gewohnt waren, hätte nicht größer sein können.

Meine Schwester, die immer Angst hatte, für sich selbst einzutreten, weil sie damit riskierte, andere vor den Kopf zu stoßen und sich dadurch zu Feinden zu machen, verwandelte sich in kurzer Zeit in ein egoistisches Monster.

Ich wurde in den sechs Wochen, die ihr Aufenthalt dort dauerte, regelmäßig von ihr herbeizitiert, und anfangs erfüllte mich das mit Stolz. Offenbar brauchte sie mich. Mich. Nicht ihre Eltern; denen hatte sie verboten, sie zu besuchen, und auch nicht ihre Brüder wollte sie sehen, sondern mich, Marjolijn, die wichtigste Schwester der Welt.

Ich blies deswegen sogar meinen Urlaub ab. Ich hatte mit Vincent zwei Wochen durch Südengland radeln wollen, aber das ging jetzt natürlich nicht mehr. Vincent verstand wie immer alles und unterstützte mich, wo er nur konnte.

Sobald Reva anrief, ließ ich alles stehen und liegen. Ich sprang aufs Fahrrad, raste zum Hauptbahnhof, um von dort per Zug und Bus nach Vogelenzang zu reisen, was mich gut eine Stunde kostete. Im Zug sagte ich meine Verabredungen telefonisch ab oder bat Vincent, das für mich zu tun, weil ich es meistens nicht fertigbrachte, mit jemand anderem als ihm über Reva reden zu müssen. Ich war völlig *obsessed*.

Einmal bei meiner Schwester angekommen, war es dann überhaupt fraglich, ob sie mich empfangen würde. Das eine Mal freute sie sich riesig, mich zu sehen, und wir gingen in den Erfrischungsraum Kaffee trinken, hatten sogar ein Gespräch und beim Abschied ließ sie mich beinahe nicht los; das andere Mal war ihre Laune, nachdem sie mich herzitiert hatte, plötzlich gekippt. Dann war sie «düster» und es kam kein Wort mehr aus ihr heraus. Ich vermutete in solchen Fällen, dass sie einfach böse war, weil ich zu lange für die Reise hierher gebraucht hatte, und dass sie mich durch ihr Schweigen bestrafte.

Manchmal ließ sie mich absichtlich ganz lange warten, oder sie saß in der Wanne und dann durfte ich eine halbe Stunde auf einem Hocker neben ihr sitzen und zusehen, wie sie sich die Haare wusch.

Auch kam es ein paarmal vor, dass sie fünf Minuten nach meiner Ankunft zu mir sagte: «Ich bin müde. Besser, du gehst jetzt wieder.»

Es dauerte einige Wochen, bis ich begriff, dass sie mich testete.

Sie wollte wissen, wie weit sie gehen konnte, bevor ich sie fallen ließ. Ich war ihr Versuchskarnickel.

Von wegen «wichtigste».

Die Ungefährlichste.

Oder die Lascheste.

Jedenfalls diejenige, die keine Grenzen setzte.

Nachdem ich das durchschaut hatte, ging ich mit mir selbst zurate. Mir wurde klar, dass es Zeit wurde, Abstand zu nehmen, aber ich wusste nicht recht, wie.

Auf Vincents Rat hin vereinbarte ich einen Termin bei der Studentenbegleiterin, die es an meiner Schule gab, einer außergewöhnlichen Frau, die mir schon öfter geholfen hatte.

Sie fragte mich, warum ich es nötig hätte, meine ganze Energie in das Wohlergehen meiner Schwester zu stecken.

Ich fand ihre Frage idiotisch. Und ihre Wortwahl gefiel mir überhaupt nicht.

Nötig haben.

Als ob ich es meinetwegen täte.

Und als ob ich auch die Wahl hätte, es nicht zu tun.

Ich schrieb Reva einen Brief, den ich nie abgeschickt habe, eine Art Abschiedsbrief. Ehrlich gesagt war es ein Gedicht. Ein ziemlich schlechtes, das ich niemandem zu lesen gab, nicht einmal der Studentenbegleiterin, obwohl sie diejenige war, die mich dazu gedrängt hatte.

Ich brauchte sehr lange für das Gedicht. Aber vielleicht gerade dadurch funktionierte es ganz im Sinne der Begleiterin. Das Schreiben half mir, mich vorsichtig von meiner Schwester zu lösen. Das Bizarre war nur, dass sie das gar nicht merkte.

Während ich mich zwingen musste, meinem Entschluss treu zu bleiben, nicht mehr ständig auf Abruf bereitzustehen und auf jede Bitte von Reva einzugehen, stellten sich meine (übrigens noch immer recht seltenen) Weigerungen als für sie akzeptabel heraus.

Wenn sie mich mit einer traurigen Geschichte anrief, sie wäre so allein und ob ich so schnell wie möglich kommen könnte, und ich ihr schweißgebadet vorlog, dass es nicht ging, legte sie weinend und ohne zu grüßen auf. Aber wenn ich dann fünf Minuten später die Pfleger bat, nachzuschauen, wie es um sie stand, hatte sie längst etwas anderes organisiert und mich schon völlig vergessen.

Für sie ging dann keineswegs die Welt unter oder so.

Als Reva auf dem Weg der Besserung war und das Ende ihres Aufenthalts in Sicht kam, traute ich mich sogar, ein paar Tage mit Vincent wegzuradeln.

(Hier im Land.)

(Und nie weiter von Vogelenzang entfernt als eine Taxistunde.)

(Für den Fall, dass.)

- ACHTUNDZWANZIG -

«Fühltest du dich von mir im Stich gelassen, da in der Zeit in Vogelenzang?», frage ich.

Zur Abwechslung habe ich einmal selbst die Initiative ergriffen und Kontakt aufgenommen. Seit Reva die Gruppentherapie macht, ruft sie nicht mehr so oft an. Sie hat mir erklärt, warum nicht. Die Gruppenmitglieder bildeten ein Netzwerk und es gehe darum, sich in «schwierigen Momenten» gegenseitig anzurufen. Das heißt, wenn der Alkoholiker kurz davor ist, sich zu besaufen, der Selbstverstümmler kurz davor, sich mit einem Messer zu bearbeiten, oder wenn die Mutter ihre dreijährige Tochter zusammenschlagen will. Ich traute meinen Ohren kaum. In der Gruppe ist eine Frau, die in ihrer Jugend von ihrem Vater misshandelt wurde und jetzt selbst eine kleine Tochter hat. «Wirklich eine nette Frau», behauptete Reva. «Aber ab und zu hat sie sich nicht mehr in der Hand.» Auf meine Frage, was so eine Frau in einer freiwilligen Therapiegruppe zu suchen hat (na ja, eigentlich war meine Frage: «Wäre die Frau nicht besser im Gefängnis aufgehoben?»), reagierte Reva rasend.

«Das ist eine sehr mutige Frau, ja? Die sehr große Anstrengungen unternimmt, sich zu ändern!»

«Aber das haut noch nicht so gut hin?», fragte ich leicht zynisch. Sie wurde stinkwütend.

«Es ist unheimlich schwer, sich zu ändern, Mar-jo-lijn!»,

herrschte sie mich wütend an. «Davon hast du keine Ahnung!»

«Hast du mich denn im Stich gelassen?», reagiert sie jetzt verwundert.

«Na ja, am Anfang habe ich dich ganz oft besucht», sage ich, «aber nach einer Weile nicht mehr.»

«Ach.»

Es ist genau, wie ich es mir gedacht habe. Sie hat nichts davon gemerkt. Von meinen knallharten Grenzen.

«Aber du darfst auch nicht vergessen, dass ich mit Medikamenten vollgepumpt war!», sagt sie, als es etwas zu lange still bleibt. «Und man hat für mich gesorgt; dafür brauchte ich dich damals nicht auch noch eigens.»

Das klingt auch schön: *Dafür brauchte ich dich damals nicht auch noch eigens.*

«Das heißt, während ich mich mit Schuldgefühlen herumschlug, weil ich dein Schicksal in die Hände Berts des Schrecklichen gelegt hatte, ging es dir da in Vogelenzang ganz prima?», frage ich.

Ja, darauf läuft es eigentlich hinaus. Na ja, nicht immer natürlich, manchmal ging sie auch die Wände hoch. Oder Bert an den Kragen. Aber daran hat sie gute Erinnerungen. Bert ist sehr wichtig für sie gewesen. Wichtig für die ganze Abteilung übrigens. «Der hatte wirklich eine Aufgabe da», behauptet sie.

Auf meine Frage, was denn diese Aufgabe sei, antwortet sie, ohne überlegen zu müssen:

«Aggressionen erzeugen. Das konnte er wie kein anderer.»

Ich verstehe nicht sofort, was am Erzeugen von Aggressionen so wichtig sein soll, aber das kann sie mir haargenau erklären.

«Aggressionen zu äußern gibt Energie», sagt sie. «Und

da ich in dieser Zeit eine Art welke Treibhauspflanze war, die am liebsten den ganzen Tag im Bett lag, wo sie nichts musste, konnte ich ab und zu durchaus einen Energieboost gebrauchen. Sobald sie mich Bert gegenübersetzten, kam die Tigerin in mir nach oben.»

Die Tigerin in Reva. Die hat sich, von ihren Vorstellungen mal abgesehen, mir schon lange Zeit nicht mehr gezeigt.

«Was hat er denn gemacht?», frage ich neugierig.

«Er nannte mich immer *Meryl Streep*. Das machte mich rasend. Aber selbst wenn er nichts tat! Ich brauchte nur sein abschätziges Grinsen zu sehen und bin schon ausgerastet.»

Das mit Meryl Streep bringt mich zum Lachen und ich deute an, dass sie es auch als Kompliment hätte auffassen können. Aber davon konnte gar keine Rede sein. Bert hatte nämlich einen Widerwillen gegen Schauspieler und besonders Schauspielerinnen, in seinen Augen allesamt Wichtigtuer und eitle Fatzkes.

«Das hat er alles nur gemacht, um mich zu triezen.»

Ich beginne rückwirkend Respekt vor dem Mann zu entwickeln, dem ich einen Mangel an Einfühlungsvermögen unterstellt hatte, und nehme mir vor, seine Meryl-Streep-Technik, falls nötig, künftig einmal auszuprobieren. Für meinen Geschmack spielt meine Schwester viel zu oft die Rolle der welken Treibhauspflanze.

Reva war ihren eigenen Worten zufolge noch nie so aus der Haut gefahren wir dort in Vogelenzang Bert gegenüber. Und das bei jeder sich bietenden Gelegenheit.

«Er bekam die volle Ladung ab!», ruft sie fröhlich. «Bestimmt für alle Männer, die ich hasste.»

Alle Männer, die sie hasste.

Mir fallen nur zwei ein, der Physiklehrer und der DJ.

«Und Papa. Den hasste ich in der Zeit auch.»

- NEUNUNDZWANZIG -

Als Reva vier Wochen in der Klinik war, wurden wir alle von Bert zu einem Familiengespräch eingeladen.

Ich hatte mich wirklich darauf gefreut. Aber von wegen. Meine Brüder wollten nicht mit. Sie hatten für Therapeuten und Psychiater genauso wenig übrig wie ich. Nach langem Drängen unserer Mutter kamen sie dann aber doch.

Wir sollten alle etwas zu unserem «Stand in der Familie» sagen: Welchen Platz wir einnahmen und mit wem wir den meisten Kontakt hatten. Und auch, wie wir Reva innerhalb der Familie sahen. Welche «Funktionen» sie hatte.

Unser Vater erzählte die Geschichte, die wir schon hundertmal gehört hatten:

dass er mit drei Jahren zur Vollwaise wurde, als seine Eltern bei einem Autounfall ums Leben kamen, und dass er danach immer ein nervöses und ängstliches Kind gewesen sei, aufgewachsen in verschiedenen Kinderheimen. Dass er mit dreißig das große Glück gehabt habe, meiner Mutter über den Weg zu laufen, die er heiratete und mit der er ein Jahr später sofort ein Kind bekam (mich). Dass er sich wirklich über das Kind gefreut habe, aber als danach noch drei kamen, sei das alles ein bisschen zu viel für ihn geworden. Dass ihm bewusst sei, «kein guter Vater» gewesen zu sein (an diesem Punkt fängt er immer an zu weinen), weil er nicht genügend Aufmerksamkeit und Zeit für seine Kinder hätte, dass er nun einmal viel Zeit für sich bräuchte, unter anderem, um Sport zu treiben, dass er oft depressiv sei und nicht mehr weiterwisse, keinen Lärm ertrage, keine Unordnung und so weiter.

Als wir noch Kinder waren, kostete es uns sehr viel Kraft, in einem solchen Moment *nicht* aufzuspringen, ihn zu beschwichtigen und alles zu bagatellisieren. Ihm zu beteuern, dass alles nur halb so schlimm und er durchaus ein guter Vater sei.

Heutzutage ergreifen wir meistens die Flucht, wenn unser Vater sein Klagelied anstimmt.

Diesmal blieben wir alle sitzen. Aber niemand sagte ein Wort.

Es war eine sehr unangenehme Situation. Unser Vater saß weinend auf seinem Stuhl und niemand tat etwas.

Zuletzt war es Reva, die aufstand und zu ihm ging, um ihn in den Arm zu nehmen. Natürlich wieder mal Reva. Genau das war nämlich ihre Aufgabe in der Familie: alles zusammenzuhalten und es jedem möglichst recht zu machen.

Und dann passierte etwas Sonderbares: Unser Vater wehrte sie ab. Er schlug grob ihren Arm weg und schnauzte sie an, er brauche kein Mitleid und käme schon selbst zurecht.

Niemand griff ein.

Auch Bert und seine Therapeutenkollegin nicht.

Ich sah, dass die schroffe Ablehnung ihres Vaters Reva zunächst sehr erschreckte. Ich sah es an ihrer Körperhaltung. Sie fuhr zusammen. Schämte sich.

Ungefähr eine Viertelstunde später, als es längst wieder um andere Dinge ging, wurde sie plötzlich richtig wütend.

Weil unser Vater, dieser Arsch, sich seine Chance auf Kontakt immer wieder selbst verdarb.

Ich weiß nicht mehr genau, wie sie es gesagt hat. Aber darauf lief es hinaus. Und sie nannte ihn auch einen Arsch.

Dass die Einsamkeit unseres Vaters und die Mauer, die er um sich herum aufgebaut hatte und mit der er uns ausschloss, sie sehr traurig machte. Aber dass es seine eigene Entscheidung sei, diese Mauer instand zu halten und niemanden an sich heranzulassen. «DUMMER ARSCH!»

Es war bei uns zu Hause nicht üblich, unseren Vater zu duzen. Zu unserer Mutter sagten wir «du», zu unserem Vater immer altmodischer Weise «Sie». Das war seiner Meinung nach ein Ausdruck des Respekts. Für uns war es ein Ausdruck erzwungenen Respekts und damit äußerer Schein.

Natürlich war es nicht an der Tagesordnung, dass wir zu unserem Vater dummer Arsch sagten. Wenn jemand so wütend auf ihn war, dass er oder sie es für nötig hielt, ihn auszuschimpfen, dann geschah dies meistens außer Hörweite.

Unser Vater reagierte beleidigt: «Warum schreist du so?»

«WEIL DU UNS NIE ZUHÖRST», brüllte Reva.

Auch dazu hatten die Therapeuten nichts zu sagen.

Und unser Vater keine Antwort.

Aber am Ende der Sitzung, bei der Rundfrage, sprach er die legendären Worte: «Wenn ich noch einmal zu leben hätte, würde ich keine Kinder wollen.»

Wir, kaum der Pubertät entwachsen, interpretierten das als: Ich will euch nicht.

Und das Echo dieser Interpretation fraß sich tief in unsere Hirne ein.

Euch dürfte es eigentlich nicht geben.

Hatte sich schon vor langer Zeit eingefressen, denke ich eigentlich. Denn auch unausgesprochen hatte uns die Botschaft unseres Vaters längst erreicht.

Selbsthass ist etwas, das ein Elternteil auf seine Kinder überträgt.

Und doch zog die Studentenbegleiterin, die ich ein paar Wochen nach dieser Familienzusammenkunft wegen eines Leistungstiefs an der Uni zurate zog, eine andere Schlussfolgerung.

«Dein Vater hat wahrscheinlich gemeint, dass ihm klar war, wie sehr er euch mit seiner Krankheit belastet hat.»

Ich hätte es gern geglaubt.

Aber ich dachte: Wenn er das hätte sagen wollen, dann hätte er es bestimmt auch so formuliert.

– DREISSIG –

Mit der «Krankheit unseres Vaters» meinen wir seine Nervosität, seine pessimistische Lebenshaltung und seine Schwermut. Mein Vater erträgt rein gar nichts. Keine Unordnung, keine Geräusche (jedes Geräusch ist in seinen Ohren Lärm), keine Spannung und vor allem nicht uns.

Er schluckt, schon solange ich denken kann, Beruhigungsmittel, von denen er seinen eigenen Worten zufolge abhängig ist. Sein Psychiater streitet das ab; seiner Meinung nach verschreibt er unserem Vater so kleine Mengen, dass von einer Sucht nicht die Rede sein kann.

Aber obwohl unser Vater nicht süchtig nach seinen Tabletten ist, benimmt er sich sehr sonderbar, wenn er sie nicht schluckt. Das hat er ein paarmal versucht, und immer hat unsere Mutter ihn nach wenigen Tagen angefleht, sie doch bitte wieder zu nehmen. Obwohl er ohne sehr fröhlich war.

So dermaßen fröhlich, dass er uns von frühmorgens bis spätabends mit gefühlsduseligen Geschichten und komplizierten politischen Ideen auf den Wecker fiel, total euphorisch und überdreht. Er schlief keine Minute.

Wir hielten das als Familie kaum zwei Tage aus.

Also begann er wieder mit seinen «niedrigen» Benzodiazepin-Dosen, die zwar seine Ängste und seine Nervosität verringern, daneben aber gratis und umsonst dafür sorgen, dass er immer down ist und griesgrämig, und niemals (wirklich niemals) fröhlich.

Wenn der Besuch unserer Tante mütterlicherseits mitsamt ihrer Familie ins Haus stand, machte Reva sich schon Tage zuvor Sorgen, unser Vater könnte die Stimmung verderben. Etwas, das regelmäßig passierte; ihre Sorgen waren also nicht unbegründet.

Meine Tante und mein Onkel hatten drei junge, lebhafte Kinder und wohnten am anderen Ende des Landes, das heißt, wenn sie schon mal zu Besuch kamen, blieben sie auch gleich den ganzen Tag.

Besuch den ganzen Tag lang ist für die meisten Menschen nicht auszuhalten.

Für unseren Vater kommt es einer widerrechtlichen Freiheitsberaubung auf unbestimmte Zeit gleich.

Immer kam irgendwann der Zeitpunkt, dass er schwer die Nase voll hatte und gegen irgendwen loswetterte, vorzugsweise die Kinder des Besuchs, und sich und uns damit lächerlich machte.

Um ihn zu entlasten und so seine Ausbrüche zu verhindern, nahm Reva alle Kinder, darunter auch unsere jüngeren Brüder, mit in die Dünen, wo sie Schnitzeljagden veranstaltete und sich wilde Spiele ausdachte, um die Kinder möglichst zu ermüden, damit sie später bei Tisch keine Kapriolen mehr machten. Bei schlechtem Wetter ließ sie sie in ihrem Zimmer Hütten bauen.

Es half nie.

Unser Vater ärgerte sich schwarz beim gemeinsamen Abendessen. Und um sieben Uhr schlug er alle in die Flucht, indem er seine Sportsendung in hoher Lautstärke einschaltete. Die Erkennungsmelodie der Sendung kann ich mir bis heute nicht anhören. Sobald diese Trompeten erschallen, bekomme ich einen Rappel.

Übrigens ärgerte sich unser Vater beim Abendessen immer schwarz, auch ohne Besuch.

Für ihn ist es sehr schade, dass er nicht im Mittelalter geboren wurde. Und nicht mit einer ängstlichen und folgsamen Frau verheiratet ist. Dann hätte er uns verbieten können, bei Tisch zu reden, Geräusche zu machen und fröhlich zu sein.

Aber wir ließen uns nichts verbieten, jedenfalls meine Brüder und ich nicht.

Reva schon.

Meine Mutter meint, dass die Essprobleme da angefangen haben, am Tisch neben unserem Vater. Dass seine Anspannung und Nervosität ihr Übelkeit verursacht haben.

Ich denke eigentlich, was Reva so mitgespielt hat – und immer noch mitspielt –, ist ihr enormes Bedürfnis nach Anerkennung. Ein Bedürfnis so groß, dass sie sich unmittelbar an die Wünsche ihres Gegenübers anpasst. Selbst wenn dieses Gegenüber das Unmögliche von ihr verlangt, nämlich: ihre eigene Lebenslust aufzugeben.

Ich glaube überhaupt nicht, dass Reva ihren Vater hasste.

Ich glaube, sie hatte eine Riesenangst, ihm ähnlich zu sein.

Aber sie ist ihm ähnlich.

Genauso übersensibel. Genauso ängstlich. Genauso schlau und genauso pessimistisch.

Ich komme mir fast wie eine Verräterin vor, wenn ich es sage, aber sie ähnelt ihm.

- EINUNDDREISSIG -

«Ich tue es nie mehr.»

«Ich auch nicht.» Ich denke, es geht um Sex. Bekam neulich fast Streit, weil wir es nie tun. Aber sie meint: ein Soloprogramm spielen.

«Es ist NICHT schön. In der ersten Reihe hat jemand doch wirklich geschlafen!»

Wie sich herausstellte, war der Schläfer der Partner einer Journalistin, die von Berufs wegen im Saal des Witte Theaters saß. Nach der Vorstellung sollte sie Reva für die Zeitung interviewen. Und weil es zufällig ihr Hochzeitstag war, hatte sie ihren Ehemann nach einem romantischen Essen ins Theater mitgeschleppt. Der Mann hatte Kopfschmerzen und «mochte Theater nicht so sehr».

«Und, Reef, wie viele haben nicht geschlafen?», frage ich.

Das tut nichts zur Sache.

So wie es letztlich auch nichts zur Sache tut, dass eine junge Frau aus dem Publikum hinterher weinend ankam und sagte, sie werde ihre ganze Familie in die Vorstellung schicken, «denn dann begreifen sie es vielleicht endlich.» Mit «es» meinte sie sich selbst.

Nur die negativen Erfahrungen haften im Gedächtnis.

Reva macht es sich und ihrem Publikum nicht einfach. Schon gleich zu Anfang von *Zum Verrücktwerden!* zieht sie ziemlich vom Leder, und das Programm enthält nicht die allerzugänglichsten Lieder und Monologe. So singt sie zum Beispiel davon, was man alles mit seinen Kindern anstellen kann, wenn man sie *nicht* liebt; eine in Reimform vorgetragene Aufzählung zum Himmel schreiender Scheußlichkeiten (Zigaretten auf ihrer Haut ausdrücken, sie barfuß auf eine glühende Herdplatte stellen, mit Stöcken schlagen, sie nächtelang in ein kaltes Badezimmer einsperren, ihnen Hundefutter zu essen geben und so weiter). «Davon ist nichts erfunden!», ruft sie immer. «All diese Dinge stammen aus der Zeitung oder von meinen Kollegen in Vogelenzang. Was ich hier erzähle, ist einfach die Wahrheit!»

Dass nicht jeder diese Wahrheit gebrauchen kann, hat sie mittlerweile am eigenen Leib erfahren. Die Kabarettliebhaber auf dem Rotterdamer Festival wussten ihren harten Humor zwar zu schätzen, aber anderswo im Land stehen die Leute oft massenhaft auf und gehen.

«Warum willst du eigentlich auf der Bühne stehen?», frage ich. «Was gefällt dir denn überhaupt daran?»

«Das klingt wie ein Vorwurf!», ruft sie böse.

Ich meine es nicht vorwurfsvoll. Ich will ihr nicht unter die Nase reiben, dass sie dankbar sein soll für das, was sie hat – obwohl ich mir wünschte, sie wäre es; ich finde es schlimm für sie, dass ihr das Spielen so schwerfällt.

«Ich frage mich nur, ob das den ganzen Stress überhaupt wert ist», sage ich.

«Hm …» Offenbar fragt sie sich das manchmal auch selbst. «Manchmal läuft es gut», sagt sie. «Dann macht es mir auch Spaß.»

«Wann denn?»

Sie muss sehr lange überlegen.

«Wenn ich mich frei fühle», sagt sie schließlich.

Wenn sie sich frei fühlt, ihre Geschichte zu erzählen und «zu sein, wer ich bin». Dann geht es sozusagen wie von selbst. Dann leidet sie nicht unter ihrem superkritischen Alter Ego, das ihr immer über die Schulter schaut und alles, was sie tut, negativ beurteilt; das Alter Ego, das sich mit Sicherheit auf die Seite des «feindlichen» Publikums stellt.

«Wieso *feindliches* Publikum?», frage ich.

«Die Leute sind superkritisch, ja?», ruft sie. «Sie vergleichen dich mit den Spitzen-Kabarettisten, auch wenn du gerade erst von der Schule kommst. Solange du ihnen nicht das Gegenteil bewiesen hast, gehen sie davon aus, dass das, was du da tust, nichts ist.»

Ich fühle mich berufen, dem zu widersprechen.

«Reef, das gilt vielleicht für Kritiker, aber nicht für das Publikum, das sich aus freien Stücken eine Karte kauft. Die kommen wirklich nicht deshalb, weil sie denken: Das hier wird nichts. Dafür würde doch niemand Geld ausgeben!»

Ihr Lachen verrät mir, dass ich keine Ahnung habe, wie es in der Welt des Theaters zugeht.

In Voorburg hatte der Theaterdirektor gesagt: «Letzte Woche hatten wir eine Voraufführung von Freek (*Freek de Jonge!*), und die war ausverkauft!» Womit er nur andeuten wollte, dass es nicht an ihm oder seinen Publicity-Mitarbeitern lag, wenn der Saal nicht voll war.

«Das heißt, selbst so ein Direktor unterscheidet da nicht», sagt sie.

«Hast du den Mann nicht ausgelacht?», frage ich.

«Nein. Ich musste künstlich beatmet werden.»

Sie seufzt.

Ich habe das Gefühl, dass sie mir noch mehr erzählen will, aber da kommt nichts.

«Wovon hängt es eigentlich ab, ob du dich auf der Bühne frei fühlst?», frage ich.

Auch darüber muss sie lange nachdenken.

Letztendlich doch vom Publikum. Von der Atmosphäre im Saal. Ob die Leute Lust auf sie haben und offen sind für ihre Geschichte. Manchmal ist das nicht der Fall. Und dann fühlt sich das Publikum «feindlich» an und sie muss sich erst lange abmühen, es für sich zu gewinnen.

Irgendwie erinnert es mich an das, was sie einmal über die Art von Männern sagte, auf die sie steht.

«Wird das jetzt dein Lebensziel?», frage ich. «Leute, die dich nicht mögen, dazu zu bringen, es doch zu tun?»

«Hm ...» Wieder folgt eine lange Stille. Dann sagt sie: «Ich denke, letztendlich ist das mein Ziel: mich davon zu lösen, wie andere womöglich über mich urteilen.»

Ich muss auflachen. «Na, dann hast du dir allerdings den unbequemsten Beruf ausgesucht, um das herauszufinden.»

Das versteht sie nicht.

«Du hörst dich an wie jemand, der seine Höhenangst dadurch zu überwinden versucht, dass er Fensterputzer in New York wird», erläuterte ich. «Oder seine Angst vor dem Ertrinken mit einer Kanutour über den Stillen Ozean.»

WAS ICH MICH NICHT TRAUE,* WIRD LETZTLICH WOHL DAS BESTE FÜR MICH SEIN.

Zum Glück hat sie Philip. Den witzigsten, nettesten und intelligentesten Techniker aller Zeiten. Mit einem schizophrenen Bruder. Sie verdächtigt die Theateragentur, ihn genau deswegen genommen zu haben. (*Gesucht: Theatertechniker mit Erfahrung in psychiatrischer Betreuung.*)

* Kleine Variation ihres Lebensmottos.

Ein hinzukommender Vorteil: Philip fordert sie nicht sexuell heraus. Das schafft Ruhe.

Das Schönste an der Solotournee ist unveränderlich: die Reise zurück nach Hause. Wenn es mal wieder geschafft ist und es keine Katastrophe gegeben hat. Im Dunkeln auf der Autobahn in dem Kleinbus, der von Philip gesteuert wird und einen so ohrenbetäubenden Lärm macht, dass sie laut schreien müssen, um sich untereinander zu verständigen. Daher wird auch nicht viel gesprochen. Aber «stinkgemütlich» ist es immer.

Da fällt mir ein Rätsel ein, das sich ein Kollege von Reva irgendwann ausgedacht hat.

Was ist so schön daran, *sich ein heißes Bügeleisen an den Kopf zu hauen*?

Dass es wieder aufhört.

«Du, Reef, ich lege jetzt auf, ich muss morgen nämlich wieder früh raus.»

«Äh … das geht nicht», sagt sie panisch. «Du musst dranbleiben, damit du hören kannst, was ich mache …»

«Ich will überhaupt nicht hören, was du machst.»

«Ich meine, um zu verhindern, dass ich eine Essattacke bekomme …»

Aha. Darum ihr Anruf. Jorinde war wohl nicht zu erreichen.

«Du bekommst keine Essattacke», sage ich. «Ist völlig überflüssig. Iss einfach ein oder zwei Scheiben Brot mit Erdnussbutter, das ist okay. Ich tue das immer, wenn ich spät nach Hause komme, und bin noch immer nicht adipös.»

«Auch, wenn du dich sofort danach schlafen legst?»

«Auch dann. Aber du schläfst ja doch noch nicht sofort.»

Sie lacht.

«Ach, und Reef: Das mit deiner Solokarriere kommt schon in Ordnung.»

«Bist du dir sicher?», fragt sie erfreut.

«Ja.» Ich bin mir überhaupt nicht sicher, aber es erscheint mir richtig als Antwort für eine Theatermacherin, die an Schlaflosigkeit leidet und sich Sorgen wegen ihrer Berufswahl macht. «Und wenn nicht, kannst du immer noch bei der Stiftung Pro Tier anfangen.»

- ZWEIUNDDREISSIG -

Nachdem sie sechs Wochen in der psychiatrischen Anstalt verbracht hatte, wurde Reva für geheilt erklärt und durfte nach Hause.

Sie war selbst einigermaßen erstaunt darüber.

«Glauben die, ich könnte jetzt auf einmal doch allein wohnen?», fragte sie mich.

Sehr groß schien ihr Vertrauen nicht zu sein.

Auch ich befürchtete das Schlimmste.

Ein Glück im Unglück war, dass sie nicht allein zu wohnen *brauchte*.

Der Besitzer der Wohnung im Jordaan-Viertel, die Reva zusammen mit ihrem Klassenkameraden P. fast ein Jahr lang gehütet hatte, war während ihres Aufenthalts in Vogelenzang unerwartet aus den USA zurückgekehrt.

Meine Schwester ist in mancher Hinsicht ein Glückspilz. Noch keine Woche, nachdem ihr Obdachlosenstatus über die Buschtrommel oder den städtischen Ausrufer bekannt geworden war (für Social Media hat Reva nichts übrig), bekam sie von ihrer Freundin und Schauspielkollegin S. das Angebot, sich mit ihr eine Dachwohnung in der Deurloostraat zu teilen, mehr oder weniger bei Vincent und mir um die Ecke.

Es war eine kleine Wohnung mit zwei Schlafzimmern, einem winzigen Badezimmer mit Wanne und Toilette und einer Küchenzeile im Flur.

Reva hatte bei ihrer Heimkehr noch zwei Wochen Urlaub, danach würde für sie das vierte Jahr an der Schauspielschule beginnen. Diese Zeit verbrachte sie mit dem Umzug in ihr neues Dachzimmer sowie bei unseren Eltern.

Beim Start des neuen Schuljahrs begann sie sehr diszipliniert jeden Morgen um neun Uhr mit den klassischen Ballettstunden (die ihr eigentlich zuwider waren und die sie davor am liebsten ausgelassen hatte), um ihre Kondition wieder aufzubauen. Leider hörte sie damit schon recht bald wieder auf, weil sie ihren eigenen Worten zufolge keine Ahnung hatte, wozu sie das tat. Das Jugendmusical war inzwischen mit einer witzigen niederländisch-marokkanischen Schauspielerin in der Hauptrolle gestartet, «die sehr gut tanzen und singen kann», so meine Schwester. Man hatte sie mühelos ersetzen können.

Reva füllte ihre Tage mit Ausschlafen, Fernsehen und ziellosem Herumradeln durch die Stadt.

Ich vernahm von ihr nie mehr etwas über Unterricht oder ein Vorsprechen für ein eventuelles neues Praktikum.

Nach ein paar Wochen begann ich mir Sorgen zu machen.

«Reef, das Diplom kommt dir wirklich nicht eines Tages ganz von selbst zugeflogen», warnte ich sie.

«Ich bin auch überhaupt nicht scharf auf ein Diplom», antwortete sie mürrisch.

«Das weiß ich, aber wenn du das Studium schmeißt, kannst du hinterher dein gesamtes Stipendium zurückzahlen», sagte ich. Als wäre ich ihre Mutter. Oder schlimmer: ihr fünfundachtzigjähriger Vormund. (Unsere Mutter quengelt nie.)

«Hm …» Offenbar machte diese Drohung keinerlei Eindruck.

«Was tust du gerade?», fragte ich.

«Nichts.»

«Triffst du manchmal noch Leute von der Schule?»

«Ja … manchmal. Sie haben alle viel zu tun.»

«Und S.? Habt ihr es einigermaßen nett miteinander?»

«Sehr nett. Sie spielt immer noch in dieser Vorstellung der Toneelgroep Amsterdam und macht daneben noch einen Kurs in Camera Acting und einen in Szenario-Schreiben an der Filmakademie, und dann hat sie noch einen Freund in Arnheim.»

Kurz: S. war nie da.

«Und was machst du den ganzen Tag?»

«Na ja. Bisschen aus dem Fenster gucken. Was geht das dich an?», schnauzte sie.

Ich wurde sofort wütend. Ja, was ging es mich eigentlich an?

«Warum suchst du dir nicht gleich eine betreute Altenwohnung?», schrie ich.

Ich blieb ein paar Tage wütend. Zwei oder drei. Dann hielt ich es nicht mehr aus.

Ich rief P. an, den früheren Mitbewohner, und fragte ihn um Rat. Er kannte meine Schwester vielleicht noch besser als ich. Jedenfalls kannte er die Theaterszene besser als ich. Nach einigen Versuchen erwischte ich ihn.

P. war ganz meiner Meinung. Reva musste schnellstmöglich *irgendwas* tun. «Sonst ist sie in ein paar Wochen wieder in Vogelenzang.»

Ich erzählte ihm, dass sie, soweit mir bekannt, nie irgendwo vorsprach und auch keine Stunden oder Workshops mehr besuchte.

Aber P. zufolge war das für Reva auch nicht der richtige Weg.

«Sie muss einfach an die Arbeit», fand er. «Und nicht weiter auf dieser Schule herumhängen und Unterricht nehmen, der ihr nichts sagt.» Auch in Sachen Vorsprechen war er sehr deutlich: «Sie ist überhaupt nicht der Typ für irgendwelche Rollen in Musicals oder Theaterstücken. Sie muss einfach ihre eigenen Stücke entwickeln; da kann sie ihre Wut und ihre Leidenschaft loswerden.»

Ihm zufolge hatte Reva genug Material für drei abendfüllende Soloprogramme. «Sie schreibt sehr viel», behauptete er.

Das war mir völlig neu.

Bisschen aus dem Fenster gucken. War das vielleicht eine sich selbst herabwürdigende Untertreibung gewesen?

«Warum weiß ich das nicht?», fragte ich.

«Vielleicht, weil sie Angst hat, dass sie dann wirklich ranmuss?», antwortete P. «Solange sie niemandem sagt, was sie tut, muss auch nie was draus werden.»

Wir kamen überein, Reva einen Tritt in den Hintern zu verpassen und eine Deadline mit ihr zu vereinbaren.

Ich ertappte mich zum wiederholten Mal bei dem Gedanken, wie sehr schade es ist, dass meine Schwester nicht auf Männer steht, die sie lieben.

Am nächsten Tag standen wir um acht Uhr abends unangekündigt bei Reva vor der Tür. Sie reagierte nicht auf unser abwechselndes Klingeln und Anrufen. Darum benutzte ich die Kopie des Schlüssels, den ich mir über ihre Freundin S. besorgt hatte.

Einmal oben mussten wir minutenlang gegen ihre Zimmertür hämmern, bevor sie reagierte.

«Reef, mach auf, wir wissen, dass du da bist, vorhin hat nämlich noch Licht gebrannt. Wir haben einen Plan.»

«Wer sind wir?»

«P. und ich.»

«Ich bin krank. Schreibt mir eine Mail.»

«Und P. hat seinen neuen Labrador-Welpen mit dabei», fuhr ich fort, ihre Bemerkung ignorierend. «Wie heißt er noch mal, P.?»

«Kojak», sagte P. und kläffte unheimlich lebensecht. «Aber wenn du ihn nicht sehen willst, dann sind wir wieder weg.»

Die Antwort waren Geräusche. Sie öffnete ihre Zimmertür einen Spaltbreit.

«Zeigt her den Hund!», befahl sie. Kojak war Bestandteil unserer Strategie. Wenn Reva etwas nicht widerstehen kann, dann sind es junge Tiere.

«Ich kann ihn erst in zwei Wochen abholen», sagte P., während wir uns durch die Tür quetschten. «Entschuldige. Aber ich habe ein paar Fotos von ihm auf meinem iPhone.» Das war nicht gelogen. Er hatte sie mir gezeigt, ein paar hundert Fotos von einem süßen, blonden Labradorwelpen.

Während Reva sich unter großem Gemecker anzog, weil wir sie «reingelegt» hatten, machte ich Kaffee.

Danach erklärten wir ihr unseren Plan.

Es war eine Idee von P. Er hatte sich überlegt, dass Reva sich zu einem der drei großen Kabarettfestivals anmelden sollte, dem in Leiden, dem Camerettenfestival in Rotterdam oder dem Amsterdamer Kleinkunstfestival. Und wenn sie das dann gewann, würden die Impresarios ihretwegen Schlange stehen, und das Problem *wie bekommt man Publikum in seine Vorstellung, wenn man nicht vom Fernsehen her bekannt ist* war auch gleich mitgelöst.

Reva reagierte nicht. Es schien, als würde sie es nicht verstehen.

«Es werden Finalisten-Tourneen organisiert, da kannst du zusammen mit anderen Endrundenteilnehmern jede Menge Vorstellungen im ganzen Land geben», erläuterte P. «Die ziehen immer viel Publikum an. Und wenn du dann möglichst schnell dein kleines halbstündiges Programm zu einem abendfüllenden Soloprogramm erweiterst, kann dein Impresario das den Theatern gleichzeitig mit der Finalisten-Tournee anbieten. Eine optimale Chance für dich, dir ein eigenes Publikum aufzubauen.»

«Hm …» Reva war nicht sofort hellauf begeistert. «Mir fällt auf, dass du die ganze Zeit von *gewinnen* und von *Finalisten* sprichst», sagte sie. «Gibt es einen speziellen Grund dafür?»

«Wenn du es nicht bis in diese Endrunden schaffst, fresse ich meinen Hund», behauptete P. «Du hast nicht umsonst diese Preise gewonnen.»

Gewinnen ist laut Reva ein relativer Begriff. (Eines ihrer Steckenpferde.) Es sagt nichts über deine Qualität. Es sagt höchstens etwas über das Qualitätsverhältnis aus.

«Ich habe an dieser Nulpenschule von allen an dem Wettbewerb teilnehmenden Nulpen, und das waren höchstens fünfzehn, zwei Mal den Preis für die ‹beste Etüde› bekommen», belehrte sie uns. «Das bedeutet wahrscheinlich nicht mehr, als dass alle außer mir sich nur aufs Geratewohl beworben hatten.»

«Ja. Und irgendwann sind wir sowieso alle tot», sagte ich, denn so langsam reichte es mir. «Ich gehe nach Hause und es ist mir Wurst, welche Entscheidung du triffst, Reef. Tschau!»

Doch ein paar Tage später folgte eine angenehme Überraschung.

Sie hatte sich angemeldet. Für das Cameretten-Festival. Nur würde sie dort nicht, wie P. vorgeschlagen hatte, eine dieser «dummen Fingerübungen» wie auf der Schule machen. Die waren mittlerweile ja «so überholt!»

«Ich mache etwas Neues», sagte sie.

«Gute Idee, Reef», fand ich.

Solange du nur von der Straße weg bist, dachte ich hinterher.

- DREIUNDDREISSIG -

Wie zu erwarten war, verliefen die Vorbereitungen für das Cameretten-Programm nicht ganz glatt und reibungslos.

P. hatte angeboten, ihr zu helfen. «Aber P. hat keinen Geschmack», behauptete Reva.

Sie meinte wahrscheinlich, dass sein Geschmack nicht mit ihrem übereinstimmte.

Auf meine Frage, ob ihre Freundin S. ihr nicht helfen könnte, reagierte sie einfach nur bissig. «Die hat viel zu viel zu tun», schnauzte sie.

Irgendwie tat sie mir leid. Ich stellte es mir schwierig vor, die ganze Zeit allein zu arbeiten.

P. und ich hatten vereinbart, sie zu beobachten. Das taten wir vorläufig per Telefon, denn Reva hatte uns streng verboten, «ohne diesen Hund» jemals wieder bei ihr einzudringen.

Ein reales Bild dessen, wie es ihr ging, bekamen wir also nicht, aber «bescheuert gut», wie ihre Standardantwort auf unsere Fragen lautete, konnte es nicht sein.

Eines Mittwochnachmittags ging ich nach meinem Praktikum trotz des Kontaktverbots bei ihr vorbei. Ich radelte vom Bahnhof nach Hause und verspürte auf einmal das Bedürfnis zu überprüfen, ob alles noch in Ordnung war. Sie lag im Bett. Ich sagte: «Reef, es ist zwei Uhr nachmittags. Was tust du da?»

«Ich arbeite!», rief sie böse unter der Bettdecke hervor. «Ich habe lauter gute Ideen.»

«Tatsächlich? Wo ist dein Notizblock?»

«Den habe ich aus dem Fenster geschmissen. Das Ding hat mich nur noch genervt. Fix und alle macht einen das, immer gute Ideen zu haben!», schrie sie. «Sie kommen immer in Scheißmomenten. Immer nachts, wenn ich schlafen will, oder wenn ich mit Migräne in der Badewanne liege. MEINE GUTEN IDEEN MACHEN MICH FERTIG!!!»

Ich scheuchte sie unter die Dusche und improvisierte aus Joghurt mit einer halb toten Banane und ein paar trockenen Ballaststoff-Crackern ein Frühstück für sie – mehr hatte sie nicht im Haus. Danach zwang ich sie, zusammen mit mir im Amstelpark spazieren zu gehen. Schon nach einer Viertelstunde keuchte sie wie ein altes Pferd. Ich redete endlos auf sie ein und erzählte ihr, wie wichtig Körperbewegung und Regelmaß und Struktur seien.

Als wir nach Hause kamen, machten wir zusammen einen Tagesplan:

7.30 Uhr: aufstehen, frühstücken mit wenigstens zwei Butterbroten oder viel Joghurt und fünf Esslöffeln Müesli, duschen

9.00 Uhr: Ballettstunde an der Schauspielschule

10.30 Uhr: zusammen mit einem Menschen in der Schule Kaffee trinken und Butterbrot essen. Darf auch der Hausmeister sein

11.30 Uhr: nach Hause radeln

12.00 Uhr: an die Arbeit!!! (schreiben oder proben für die Cameretten-Vorstellung)

13.30 Uhr: zu Mittag essen und Zeitung lesen

14.30 Uhr: arbeiten!!!

17.30 Uhr: einkaufen, kochen und essen, am besten mit jemandem zusammen. Danach: tun, wozu du Lust hast, außer dich mit einem Kissen über dem Kopf ins Bett zu legen, das ist strengstens verboten. Am besten: LEUTE besuchen oder anrufen

23.00 Uhr: ins Bett. Buch lesen und/oder duschen vor dem Einschlafen, damit dein Gehirn weiß: Jetzt wird geschlafen und nicht endlos gegrübelt

23.30 Uhr: schlafen und nur im Fall ÄUSSERSTER NOT mitten in der Nacht die Schwester anrufen.

«Liebe Güte, Mar, muss das jeden Tag sein?», meckerte sie.

«Ja. Das muss sein», sagte ich, ohne eine Miene zu verziehen. Ich selbst würde für kein Geld der Welt nach einem so straffen und fantasielosen Plan leben wollen.

«Und am Wochenende?»

«Darfst du nur dann vom Schema abweichen, wenn du dich die Woche über daran gehalten hast.»

«Aha. Du bist vielleicht streng.»

«Streng, aber gerecht», sagte ich. Weil sie und ich das immer sagen, sobald das Wort streng fällt.

Sie rief noch in derselben Nacht an. «Erfolg lähmt.»

«Ist das hier ein Notfall?», fragte ich irritiert.

«Ja. Erfolg lähmt.»

«Dich vielleicht.»

«Dich auch. Er lähmt alle. Besser, man nennt dich nicht vielversprechend und du gewinnst keine Preise, auf jeden Fall nicht, solange du noch an der Schauspielschule bist.»

Ich hatte mich den ganzen Nachmittag mit ihr abgegeben und hatte ein wenig die Nase voll. «Weißt du, Reef, ich habe nie Erfolg gehabt, aber ich nehme mir vor, falls es jemals dazu kommen sollte, ihn zu genießen», sagte ich in bevormundendem Ton.

«Ha! Du hast echt keine Ahnung!», rief sie wütend. «Wenn du mit irgendwas Erfolg gehabt hast, dann ERWARTEN die Leute sofort lauter Dinge von dir.»

«Ja, Erwartungen, das muss scheußlich sein», zog ich sie auf. «Denn dann bist du immer in Sorge, ihnen nicht entsprechen zu können, oder? Und die Leute zu enttäuschen? Hör auf, lass sein, was für ein mieses Leben musst du haben!»

«Jetzt sei doch mal ernst!»

«Du bist ein verwöhntes Ding!», rief ich so dermaßen streng, dass Vincent davon aufwachte. «Jeder andere würde sich riesig freuen, als *vielversprechend* zu gelten, und du nölst nur die ganze Zeit herum! Für dich ist es nie gut, oder es taugt nichts.»

«Das hat Mama immer gesagt.»

«Und jetzt sage ich es.»

«Vielen Dank!»

– VIERUNDDREISSIG –

Ein paar Nächte später rief sie wieder an. Ich konnte ihr anhören, dass es diesmal wirklich ein Notfall war.

«Erinnerst du dich noch an Maurice?»

Ich erschrak.

Maurice.

Dieser prächtige kleine Kerl, ein Freund unseres jüngsten Bruders, extrem fröhlich und lebhaft. Reva und ich haben manchmal auf ihn aufgepasst, als er noch klein war.

Wie sollte ich mich *nicht* an Maurice erinnern?

Er hat sich eine Kugel durch den Kopf geschossen, mit fünfzehn, im Aufzug des Hauses, in dem er mit seinen Eltern wohnte.

Ich weiß auch noch, wie sich seine Freundin bei der Beerdigung auf den Sarg gestürzt hat.

Ich erinnere mich noch an seine Schwester und seine Eltern. Und in welcher Verfassung unser Bruder und der Rest seiner Freunde waren.

«Was tust du gerade, Reef?», fragte ich.

«Ich habe ein Lied gemacht.»

«Willst du darüber reden?»

«Nein, aber du hörst es in Rotterdam.»

Ich hörte es tatsächlich zwei Monate später dort. Zwei Mal. Im Halbfinale und im Finale. Zusammen mit anderem neuen und mir unbekannten Material, unter anderem dem Lied über Kindesmisshandlung und einem Act über ein weibliches «Knochengerippe» beim Gemüsemann, das sich nicht zwischen einem Staudensellerie und einer Salatgurke entscheiden kann und von Reva knallhart und zynisch mit Ratschlägen bedacht wird.

Sie hatte es schließlich hinbekommen. S. hatte nach mehreren flehentlichen Bitten die Regie übernommen und ein befreundeter Musiker begleitete sie auf dem Klavier.

Das Halbfinale wurde ein großer Erfolg. Reva war auf der Bühne des kleinen Saals deutlich in ihrem Element, sie genoss das Spielen, und das trug seine Früchte.

Beim richtigen Finale saß ich mit Vincent, meinen Eltern und Brüdern in einem Riesensaal mit fünfzehnhundert Leuten. Ich wurde fast verrückt vor Angst. Angst vor ihrer Angst. Dass sie es nicht schaffen, sondern angesichts der vielen Leute auf der Stelle zusammenbrechen würde.

Aber das geschah nicht. Sie spielte ziemlich *steady*. Etwas schnell und gehetzt vielleicht, aber weiter war nicht zu merken, dass sie unter großem Druck stand.

Erst bei dem Lied von Maurice entspannte ich mich. Kabarett. Gewinnen. Bühnenangst. Anderthalbtausend Zuschauer. Was an alledem war noch mal so wichtig?

Es hieß *Fragile*, nach dem Lied, das bei seiner Beerdigung gespielt worden war, und sie hatte es lange vor den Diskussionen über die Lebensende-Klinik geschrieben.

Es müsste eine Stiftung geben,
wo man ganz sanft sterben kann,
mit seinen schönsten Sachen an,
begleitet durch Musik von Sting.

Wo man, zu dem Punkt gekommen,
dass man nicht mehr weiterwill,
mit Mitteln, Sekt und dem Gefühl
von Liebe endlich gehen darf.

So eine Stiftung müsst es geben,
die uns Geborgenheit verspricht,
wenn es uns an Mut gebricht,
das Leben weiter zu bestehn.

Und doch hätt ich lieber nicht,
dass es die Stiftung geben muss,
um Menschen von dem Gas, dem Schuss,
den Bahngeleisen abzuhalten.

Denn ich hätte lieber nicht,
dass Menschen gehen in den Tod,

Denn ich hätte lieber nicht,
dass Menschen gehen in den Tod.

Mein Bruder muss immer weinen, wenn er Reva auf der Bühne sieht. Immer gleich, wenn sie auftritt. Er sagt, ihr Mut rührt ihn so an. Dass sie sich trotz allem traut, sich dort hinzustellen und ihre Geschichte zu erzählen.

Diesmal weinte er nicht wegen Reva. Oder zumindest nicht nur ihretwegen.

- FÜNFUNDDREISSIG -

«Er ist zum künstlerischen Leiter befördert worden!», kreischt sie mir ins Ohr.

Ich weiß nicht sofort, von wem sie spricht.

«P. ist vorhin mit Kojak da gewesen und hat es erzählt. Der Direktor der Schauspielschule ist gestorben, und jetzt hat man den DJ zum künstlerischen Leiter ernannt!»

«Künstlerischer Leiter, was bedeutet das genau?»

«Das Gleiche wie Direktor. Klingt nur interessanter.»

«Ach. Tja, das ist nicht so toll ...», sage ich.

«Nicht so toll???», brüllt sie hysterisch. «Es ist eine Katastrophe! Der DJ! Du weißt doch, dieser gefährliche Irre mit der arroganten Fresse und dem dicken Wanst ...»

«Reef, hast du auch deine Tabletten genommen?», unterbreche ich sie in der Absicht, sie zu schockieren. «Natürlich weiß ich noch, wer der DJ ist und dass er aussieht wie eine vollgefressene Seekuh weit jenseits ihres Verfallsdatums, UND DASS ER SCHULD DARAN HAT, DASS DU VERRÜCKT GEWORDEN BIST. Was willst du von mir?»

Wahrscheinlich nichts. Ich fungiere wie immer als seelischer Mülleimer. Sie hofft, dass ich jetzt «Oh» und «Ah» rufe. Und «Eine Schande!» und so.

«Aber Mar, es ist doch eine Schande, dass so jemand Direktor einer Schule mit einer Überpopulation an traumatisierten jungen Küken werden kann!»

Da hätten wir sie schon, die Schande.

«Ja, mein Herz, das ist es», sage ich, denn das finde ich auch. «Und was tust du dagegen?»

Nichts, weiß ich. Sie hat niemals vorgehabt, etwas gegen den DJ zu unternehmen, das wird jetzt nicht plötzlich anders geworden sein. Ich habe ihr schon sehr oft vorgeschlagen, zur Polizei zu gehen.

«Ehrlich gesagt habe ich eine ziemliche Angst vor ihm», sagt sie diesmal.

Als ob ich das nicht wüsste. Wenn sie keine solche Sterbensangst vor dem DJ hätte, hätte sie ihn längst angezeigt. Und dann geriete sie auch nicht so in Stress, wenn sie ihm aus Versehen bei Vorstellungen begegnet, in denen ihre Kollegen spielen.

Aber es ist das erste Mal, dass sie das laut sagt.

«Wovor hast du Angst?», frage ich.

Sie seufzt.

«Na ... wenn ich Anzeige erstatte ...» Sie fährt nicht fort.

«Ja ...?» Ich werde etwas ungeduldig.

Noch einmal ein Seufzer.

«Und *falls* meine Anzeige ernst genommen wird, wird er mich natürlich bis auf die Knochen demütigen», sagt sie.

«Ja ...?»

«Er wird alles daransetzen, das Gericht davon zu überzeugen, dass gerade ich diejenige war, die es auf den Sex angelegt hat, was faktisch sogar noch stimmt ...»

«Nachdem er dich wochenlang schamlos herausgefordert hatte!», unterbreche ich sie. Ich kenne die Geschichten. Dass der DJ, als es darauf ankam, nachdem er sie nach der soundsovielten Privatstunde mitten in der Nacht nach Hause gebracht hatte, im letzten Moment einen Rückzieher zu machen schien. Wegen seiner Frau vielleicht, oder wegen

Revas Mitbewohner, der im Zimmer nebenan schlief, oder vielleicht hatte er sein Viagra vergessen, wer mag es sagen? Und dass Reva ihn dann mehr oder weniger zum Sex «gezwungen» hatte, indem sie sich vor seiner Nase auszog, ihm im selben Aufwasch den Hosenschlitz öffnete und sein Geschlecht hervorholte. Da hatte es für den DJ kein Entkommen mehr gegeben.

«Und dann wird er wahrscheinlich ganz genau erklären, wie ich das gemacht habe, mit sämtlichen Details rauf und runter …», fährt sie fort, meine Unterbrechung ignorierend.

«Na und?!», schreie ich. «Wenn es nicht anders geht, dann sei's drum! So welterschütternd werden eure Details nicht sein! Es gibt noch mehr Menschen, die Sex betreiben, weißt du? Auch bei Gericht.»

«Aber wovor ich noch viel mehr Angst habe», fährt sie unbeirrbar fort, «ist, dass ich mir meine weitere Karriere wohl abschminken kann, wenn ich den DJ anzeige.»

Das ist neu für mich.

«Wieso?», frage ich.

«Er kennt unheimlich viele Leute in der Theaterszene. Und irgendwie hat er viel Einfluss. P. hat mal eine ganz widerliche Geschichte erzählt.»

Die widerliche Geschichte, auf die ich überhaupt keine Lust habe, die ich aber natürlich dennoch lang und breit zu hören bekomme, handelt von einem Studenten im ersten Jahr an der Schauspielschule, den der DJ auf fachmännische Weise weggegrault hat.

Bei einem seiner Workshops hatte der frisch gebackene künstlerische Leiter, der neben seiner neuen Leitungsfunktion auch einfach weiter unterrichtet, seinen Studenten aufgetragen, sich einen einminütigen Act auszudenken, der ihm sein ganzes Leben «in Erinnerung bleiben» würde.

Dazu erwähnte er ein Beispiel von einer Studentin aus einem anderen Jahrgang, die sich während ihres Acts ganz nah neben ihn gestellt und ihm befohlen hätte: «Schau mir in die Augen!» Und nachdem der DJ das mehr als eine Minute ausgehalten hatte, hätte sie gesagt: *«Geil, was? Siehst du, wie geil ich bin?»*

Der betreffende Student im ersten Jahr hatte einige Tage später seine Klassenkameraden gebeten, sich für die Aufführung seines Acts mit geschlossenen Augen in einen Kreis zu setzen. Alle befolgten seine Bitte. Nach einer halben Minute hörte man einen lauten Schlag und danach ein «Verdammt!»

Das war der Act. (Das «Verdammt» gehörte nicht unbedingt dazu.)

Der Student hatte dem DJ eins über die Rübe gegeben. Genau das, was der DJ mit seinem schmierigen und sexuell einschüchternden Beispiel verdient hatte.

Darauf folgte eine Masterclass *Teile und herrsche* seitens des DJs.

«Ich habe sämtliches Vertrauen in euch verloren!», hatte er der Klasse gleich am Tag nach dem Vorfall zugerufen. Weil niemand für ihn, den künstlerischen Leiter(!), Partei ergriffen hätte.

Natürlich ergriff auch niemand Partei für den Klassenkameraden. In einer Schule, in der von jährlich achthundert angemeldeten Jugendlichen höchstens fünfzehn zum ersten Jahr zugelassen werden, würde es keinem Schüler einfallen, sich gegen die Direktion zu stellen.

Niemand rührte auch nur einen Finger. Auch die Dozenten nicht. Für den DJ war es eine Kleinigkeit gewesen, den Studenten innerhalb kürzester Zeit mittels schlechter Beurteilungen und einer gut organisierten Verleumdungskampagne von der Schule zu entfernen.

«Und ein solches Ekel bildet die künftige Generation von Theatermachern aus!», beendet Reva ihren Bericht.

Ihre Naivität entlockt mir ein müdes Lachen.

«Herzchen, ich sage dir, es ist sogar noch schlimmer: Solche Ekel regieren die ganze Welt, und zwar seit Jahrhunderten», sage ich. «Dein DJ ist der Berlusconi der Amsterdamer Schauspielschule. Ihn erwartet ein sehr nettes Leben mit viel Geld und Macht und schönen Frauen. Niemand wird ihm einen Stein in den Weg legen, denn jeder hat genau wie du ein Eigeninteresse.»

Es ist schon etwas gemein von mir, die Folgen des Fehlverhaltens des DJs zu ihrer Verantwortung hochzujubeln.

«Aber der Junge hat es doch auch nicht geschafft!», verteidigt sie sich. «Der sitzt jetzt daheim bei seiner Mutter und hat nichts zu beißen. Verlass dich drauf, dass er bei keiner Schauspielschule im Land noch eine Chance bekommt!»

«Aber du hast die Schule längst hinter dir», sage ich. «Also was kann dir noch passieren?»

«Das habe ich schon gesagt. Er kennt sehr viele Theatermacher und Regisseure!», ruft sie. «Ich mach mir da keinerlei Illusionen. Es ist gefährlich, den DJ zum Feind zu haben!»

Ich seufze. Ich bin müde und will das hier nicht mehr.

«Hör zu, Reef. Ich finde schon sehr lange, dass der DJ die Höchststrafe verdient, und das wird sich in meinem Leben auch nicht mehr ändern. Würdest du mich also ab jetzt bitte nie mehr mit Geschichten von diesem Brechmittel belästigen?»

Sie kichert. «Hm … ja … ich will's versuchen. Aber eins muss ich dir noch sagen. Als Letztes …»

«Also gut, ganz schnell.»

«Okay.» Sie hüstelt etwas nervös. «Äh … ich wollte

sagen, eigentlich glaube ich nicht, dass ich wegen ihm in der Anstalt gelandet bin.»

Als ich nicht sofort reagiere, fährt sie fort: «Ich will es nicht glauben. So viel Macht hatte er nun auch wieder nicht. Um mich verrückt zu machen, brauchte es schon mehr.»

Ich muss kurz nachdenken.

«Schön», sage ich dann. «Davon haben wir was.» Es ist mein Ernst. Wäre wirklich zu viel Ehre für diesen Arsch. Ich selbst glaube es auch längst nicht mehr, aber es gefällt mir einfach, dem DJ die Schuld für alles Mögliche zu geben.

«Was macht deine Therapie?», frage ich.

«Geht gut.»

«Und das Essen?»

«Gerade vorhin habe ich zusammen mit P. einen ganzen Apfelkuchen vernichtet. Und als er weg war, auch noch acht Cracker mit Erdnussbutter.»

«Wo du schon mal dabei warst …»

«Wenn ich spielen muss, geht es gut», sagt sie. Um mich zu beruhigen.

«Und das Spielen, wie läuft das?»

«Hm …»

- SECHSUNDDREISSIG -

Ich habe mich oft gefragt, was jemanden dazu treibt, sich mutterseelenallein auf eine Bühne zu stellen. Mir kommt es vor wie die schwerste Strafe, die man sich für einen Menschen ausdenken kann, und Reva, das merke ich ihr an, ergeht es kaum anders.

Dennoch hat sie nie ernsthaft erwogen, Vorstellungen in einer Gruppe zu entwickeln. Sie erträgt keine Kritik, sagt sie. Das habe sie in der Schule am eigenen Leib erfahren. «Wenn meine Mitschüler von einer von mir vorgebrachten Idee nicht sofort hellauf begeistert waren, dachte ich gleich: Ach, schon gut. Und habe sie auf der Stelle fallen lassen.»

Für meine Schwester ist es also ein «notwendiges Übel», allein aufzutreten.

P. bekam mehr oder weniger recht.

Die Impresarios standen nach dem Festival in Rotterdam zwar nicht Schlange, aber drei waren interessiert und Reva hatte die Wahl. Sie entschied sich für «den unkommerziellsten».

«Weil ...???», fragte ich mit dem größtmöglichen Unverständnis, «... Geld stinkt oder so?»

Na ja, das nun auch nicht gerade, aber meine Schwester nahm an, eine kleine Theateragentur mit Herz für die Sache würde besser zu ihr passen als eine große Firma, die hauptsächlich am Geldverdienen interessiert sei. Sie hoffte, bei der kleinen keine künstlerischen Zugeständnisse machen zu müssen.

Neben der von P. bereits prophezeiten Finalisten-Tournee wurde auch eine Einzeltournee geplant. Reva verpflichtete sich vertraglich, ihre halbstündige Vorstellung zu einem abendfüllenden Soloprogramm auszubauen. Mit Pause, auf die dringende Bitte der Theateragentur hin und sehr gegen Revas Willen. Pausen in Theatervorstellungen nutzten vornehmlich den Gastronomen des Hauses. Im Interesse der Vorstellung lagen sie meiner Schwester zufolge meist nicht. (Also wieso *keine Zugeständnisse* und wieso *am unkommerziellsten?*)

Das Programm erhielt den schon erwähnten Titel *Zum Verrücktwerden!* und war in Rekordgeschwindigkeit fertig. Die Premiere verlief glücklich, aber die Kritiken waren unterschiedlich, von saugut bis hin zu *Für wen hält sich diese R. eigentlich, und warum müssen wir uns das anhören und -sehen?*

Den Leuten mit Ahnung zufolge war genau das ein gutes Zeichen; es bedeutete, dass die Vorstellung *sehr eigen* war und nicht mittelmäßig.

«Wenn alle es mögen, ist es nichts», behauptete ein berühmter Kollege.

«Dann hätte ich lieber das Nichts», seufzte meine Schwester verzweifelt unter der Bettdecke in ihrem Dachzimmer.

Mit dem Festivalsieg hatte sie ihre Praktika und zu ihrer eigenen Verwunderung gleich auch ihr Studium erfolgreich beendet. Nachdem sie den größten Teil ihres Lebens mit Unterrichtetwerden verbracht hatte, lag ihre Lehrzeit jetzt endlich hinter ihr. DAS WIRKLICHE LEBEN KONNTE BEGINNEN, sie brannte schon darauf.

Leider war es nicht so.

«Weißt du, was das Schlimmste an so einer Tournee ist?», war die erste Frage des ersten von einer ganzen Serie noch folgender mitternächtlicher Anrufe, wenn sie gerade aus Winschoten oder Haaksbergen oder irgendeinem anderen entlegenen Winkel des Landes zurückkam, wo man gern junge Kabarettisten ins Programm nimmt. Ich hob wieder wie früher ab. Ganz entgegen meiner guten Vorsätze. Konnte mir gut vorstellen, wie schlimm es für sie sein musste, allein nach Hause in ihr Dachzimmer zu kommen.

«Lass mich raten», sagte ich möglichst fröhlich. «Das Auftreten selbst?»

«Auch.»

Aber das Allerschlimmste war, so gegen sechs Uhr abends im Dunkeln durch so ein Dorf zu gehen, auf der Suche nach einem Restaurant, wo man eine Suppe bekam, und dann in all diese Wohnzimmer schauen zu müssen. Richtig depressiv machte sie das, wie «die Leute ihre Häuser einrichten». Als ob ihr eigenes Dachzimmer mit dem grauen Bodenbelag und dem zusammengewürfelten Mobiliar eine solche Wohlfühlinsel wäre. Aber das war Reva zufolge etwas ganz anderes. Sie sei eine Studentin. Na ja, irgendwas in der Art. Bei ihr sei noch alles offen. Es sei besonders das Endgültige, was sie an der Einrichtung der Einfamilienhäuser so bedrückte. «Dieses: So, das ist es jetzt, und zwar für den Rest unseres Lebens.»

«Und warum macht dich das depressiv?», fragte ich. «Du kannst doch auch denken: Zum Glück ist das nicht mein Leben!»

Aber genau das konnte Reva eben nicht. Und würde sie auch nie können. Bei jeder Person, der sie begegnet, versetzt sie sich auf der Stelle in deren Situation und stellt sich bis ins Einzelne vor, wie es ist, diese Person zu sein. «Ich werde gewissermaßen sie!»

Ich fühlte mich gleich an frühere Urlaube erinnert. Wenn wir durch ein ärmliches französisches Dörfchen fuhren und unsere Mutter uns auf die Schönheit der heruntergekommenen Bauernhäuser hinwies, erblickte meine Schwester immer irgendwo ein steinaltes, lahmendes Weiblein mit einem schweren Reisigbündel auf dem Rücken und rief sogleich gequält: «Stellt euch vor, ihr müsstet sie sein!»

Und irgendwo in Winschoten mit Schirmlampe und abgehängter Wohnzimmerdecke und vier schulpflichtigen Kindern wohnen. Ohne jede Chance auf eine Veränderung oder Verbesserung.

Es folgten noch viele derartige Gespräche.

Ich gab mir Mühe, sie aufzumuntern und ihre düsteren Gedanken zu relativieren, ihr Ratschläge zu geben oder einfach nur ein offenes Ohr zu bieten. Aber ich hatte nicht den Eindruck, dass es viel half.

Und genau in dem Moment, als ich an ihren «Chancen auf eine Verbesserung» zu zweifeln begann, kam sie mit dem Anruf über die Ursache ihrer schadhaften Zähne. *(Ich brauche ein neues Gebiss!)*

Und alles erwies sich als noch viel komplizierter, als ich angenommen hatte.

- SIEBENUNDDREISSIG -

«Mar, ich habe aufgehört!!!»

Ich erschrecke. Ich habe schon drei Wochen nichts mehr von Reva vernommen. Wahnsinnig lange für ihre Verhältnisse, aber für mich auch schön ruhig. Ich weiß, dass sie sich im Notfall an ihre Freunde von der Therapiegruppe wenden kann.

«Mit deiner Vorstellung?», frage ich verwundert. Ich kann es nicht glauben. Sie wird doch nicht so dumm gewesen sein, ihre Tournee schon vor der Hälfte abzubrechen? Sie kann doch nicht ungestraft einfach all diese Auftritte absagen! Ihr Impresario hat Geld investiert, hat Poster und Faltblätter drucken lassen, einen Probenraum angemietet, den Regisseur bezahlt. Und das sicher nicht deshalb, weil er Reva so nett findet!

«Nein, du Dussel, mit dem Kotzen!»

Ich muss mal kurz meine Gedanken resetten.

«Du weißt doch, dass ich ein Therapiewochenende hatte?», fragt sie, als ich zu lange stumm bleibe.

Ich hatte es ehrlich gesagt vergessen.

«Ja …»

«Und es ist mir gelungen! Ich habe aufgehört! Ich habe schon DREI TAGE LANG nicht mehr gekotzt!»

Drei Tage. Das ist offenbar eine Menge.

«Ich bin so stolz auf mich!», jubelt sie.

«Denn … drei Tage nicht zu kotzen, das ist dir in all den Jahren noch nie gelungen?», frage ich vorsichtig und mit angelesenen Geschichten über Alkoholiker und Junkies im Hinterkopf, die eine Entzugsklinik nach der anderen hinter sich bringen und nach wenigen Stunden oder Tagen meist wieder in ihre alten Gewohnheiten verfallen.

«Es ist mir in diesen sechs Jahren noch nicht einen Tag gelungen!»

Nicht einen Tag in sechs Jahren. Und jetzt gleich drei hintereinander. Das will schon was heißen.

«Wow … Glückwunsch», sage ich. «Ist ja stark.»

«Danke schön.»

Ich denke noch über die sechs Jahre nach. Tagtäglich. Ich kann es mir immer noch nicht recht vorstellen.

«Und bist du nicht neugierig, wie ich das hinbekommen habe?», fragt sie begeistert.

«Doch, sehr», antworte ich. Vor allem auch darauf, wie lange sie es durchzuhalten gedenkt. Aber das sage ich nicht.

«Also gut. Ich will es dir erzählen, aber du musst versprechen, dass du mir glaubst.»

Das ist natürlich blanker Unsinn, aber dennoch verspreche ich es.

«Du weißt, dass es in unserer Gruppe viele Inzestopfer gibt, ja?»

Ja, ich weiß. Auffallend viele Inzestopfer. Darunter auch mehrere, die erst während der Therapie entdeckten, Opfer gewesen zu sein, und zwar aufgrund «wiedergefundener Erinnerungen», die während der Bonding-Sitzungen aufgetaucht sind. Etwas, das immer große Zweifel in Reva ausgelöst hatte. «Also, diese *wiedergefundenen* Erinnerungen, ich weiß nicht. Ich glaube nicht daran. Man erinnert sich an etwas oder nicht, Punkt. Und immer herrscht so eine

Art Feierstimmung, wenn sich wieder ein Opfer geoutet hat, das finde ich auch so sonderbar. Als würde man erst dann richtig dazugehören.»

Ich weiß auch, dass der Psychiater regelmäßig angedeutet hat, Revas Verhalten (ihr Selbsthass und ihre destruktiven Neigungen) erinnere an das Verhalten von Frauen, die in ihrer Jugend sexuell missbraucht worden seien. Reva hat sich immer gegen eine solche Unterstellung gewehrt. «Ich erinnere mich an kaum etwas!», rief sie immer. Nur eine vage Erinnerung kommt immer wieder («Es kann auch ein Traum gewesen sein»), und zwar, dass sie als ganz kleines Kind in einem Hauseingang von einem Jungen mit einem Messer bedroht wurde und ihre Hose vor ihm ausziehen musste. «Aber das ist noch nicht dasselbe wie sexueller Missbrauch. Und es ist sicher kein Inzest!», beharrte sie.

Aber jetzt beim Bonding-Wochenende war ihr zum wiederholten Mal das Bild von sich beim Abendessen hochgekommen, bei Tisch neben unserem Vater. Er – irritiert. Sie – mit Übelkeit im Bauch und nervös. Wieder war ihr die Andeutung des Psychiaters durch den Kopf gegangen. Und da hatte sie gedacht: Angenommen, es hat einen sexuellen Missbrauch gegeben. Angenommen. Und angenommen, das Erbrechen ist durch diesen eventuellen Missbrauch verursacht. Nicht, dass sie auch nur eine Erinnerung daran hatte, aber angenommen …

Und da hatte sich etwas in ihrem Körper verändert.

«Es war, als ob sich mein Körper in dem Moment endlich entspannen konnte und zu mir sagte: *Uff … kapierst du es endlich?* Und ich wusste sicher, dass ich von dem Moment an nicht mehr zu kotzen brauchte», ruft sie in einem Ton, als würde sie selbst nicht glauben, was sie da erzählt.

«Nicht mehr brauchtest …?»

«Das sagte ich, ja.»

«Und das hast du von dem Augenblick an auch nicht mehr getan?»

«Nein.»

«Also?»

«Was, also?»

«Was bedeutet es deiner Meinung nach?»

«Tja …»

Das weiß sie nicht genau.

Oder sie wagt es nicht auszusprechen.

Es bedeutet zumindest, dass es ihrer Meinung nach einen Zusammenhang zwischen dem Erbrechen und sexuellem Missbrauch gibt. Und diesen sexuellen Missbrauch verbindet sie mit unserem Vater.

«Mein Körper lügt nie!», ruft sie beinahe flehend. Als ob ich sie aus ihrem Dilemma erlösen könnte. «Ich habe mich noch nie so ruhig in meinem Körper gefühlt. So entspannt. Und ich habe noch nicht mal Hunger!»

- ACHTUNDDREISSIG -

Ich kann es mir nicht vorstellen.

Und ich glaube es auch nicht.

Unser Vater hat uns nie angefasst. Nie. (Das tut er übrigens bis heute nicht.)

Ich kann mich nicht entsinnen, dass einer von uns vieren je bei ihm auf dem Schoß gesessen hätte.

Wir umarmen ihn nie, was ich Freunde und Verwandte von uns regelmäßig bei ihren Vätern tun sehe.

Die einzige Erinnerung, die ich an einen Körperkontakt mit meinem Vater habe, ist seine Hand auf meiner Schulter, als er mir das Fahrradfahren beibrachte.

Ich habe sehr, sehr lange gebraucht, es zu lernen. Wenn mein Vater dabei war, konnte ich es auf einmal nicht mehr. Das heißt, nicht ohne die Hand auf meiner Schulter.

Und ich habe mich jahrelang nach so einer Hand gesehnt.

Wenn ich heutzutage mit Vincent über die Straße gehe, muss er meine Hand halten. Ohne kann ich nicht gehen. Im Ernst nicht. Ich stolpere über meine eigenen Füße.

Inzest. Es ist einfach unmöglich.

Eher ist das Umgekehrte der Fall.

Unser Vater hat nie zu meiner Schwester und mir gesagt, dass wir hübsch aussähen. Übrigens auch nicht, dass wir nicht hübsch aussähen. Er schaute uns nicht an. Sah uns nicht.

Wir haben das immer als Desinteresse interpretiert.

Aber war es vielleicht Angst?

Angst vor dem Körper seiner Töchter. Kommt das aus derselben Schlammgrube wie die Sehnsucht nach dem Körper der Tochter? Hat es etwas mit Sex zu tun?

Umgekehrter Inzest, gibt es das?

Wie auch immer …

Wenn es Reva hilft, dann glaube ich ihr.

Ich meine: Dann tue ich so, als würde ich ihr glauben. Denn ich bin mir sicher, dass es nicht stimmt.

Unser Vater hat eine Höllenangst vor Körperkontakten.

- NEUNUNDDREISSIG -

«Bei dem Begriff *sexueller Missbrauch* muss ich sofort an diesen Physiklehrer denken», sagte Vincent heute früh, als ich ihm die ganze Geschichte erzählte. «War der nicht eine Art Vaterfigur für sie?»

Verdammt.

Das kann auch noch sein.

Vielleicht ist Revas Körper doch nicht so ganz genau bei dem, woran er sich erinnert, und es ging nicht um ihren richtigen Vater, sondern den Ersatz dafür.

Plötzlich habe ich es fürchterlich eilig, meine Schwester zu sprechen. Aber sie hebt natürlich nicht ab, sie schläft nämlich immer abnormal lange aus.

«Wirst du ihn damit konfrontieren?», frage ich, als sie endlich zurückruft.

«Wen?»

«Papa.»

Sie lacht laut auf. «Nein, natürlich nicht, du Dummkopf. Ich werde den Mann doch nicht einer Sache beschuldigen, die ich selbst kaum glaube!»

Ich kann nicht leugnen, dass mich die Antwort erleichtert. Ich fühle mich, als hätte ich zwei Tage lang vergessen, Luft zu holen. Aber sie sagt «kaum». Das ist nicht dasselbe wie «nicht».

«Das heißt, du glaubst es doch?», frage ich.

Sie stößt einen tiefen Seufzer aus.

«Reef?»

«Nein. Na ja …» Sie zögert.

Ich bin wirklich gespannt, was sie sagen wird.

«Sieh mal, *falls* so etwas vorgefallen ist, dann in der Zeit, als ich ein Baby war, denn ich weiß wirklich nichts mehr davon», sagt sie nach einer Weile. «Das heißt, ich weiß nicht, was geschehen ist, und auch nicht, *wer* es getan hat. Vielleicht war es ein anderer Mann. Oder es war eine Frau. Oder jemand in der Kinderkrippe.»

«Ja, das halte ich für sehr wahrscheinlich.» Umso mehr, als keiner von uns vieren jemals in einer Kinderkrippe gewesen ist.

«Aber kann es nicht dieser Physik-Fiesling gewesen sein?», frage ich anschließend. «Das ganze Getue mit dem Essen fing doch an, als du in ihn verliebt warst …»

«Mar, das war kein Missbrauch. Das habe ich selbst gewollt», sagt sie irritiert.

«NEIN, REEF, DAS HAST DU NICHT!» Ich kann es nicht ausstehen, dass sie das immer noch denkt.

Sie lässt eine Stille eintreten, um anzudeuten, dass sie nicht auf dieses Thema eingehen will.

«Jorinde hat etwas Gutes gesagt», fährt sie danach fort. «Sie sagte: Ist gar nicht so wichtig, ob es stimmt oder nicht. Das Einzige, was zählt, ist, dass du nicht mehr zu kotzen brauchst.»

Hm …

Was Reva angeht, hat Jorinde vielleicht recht.

Aber mir ist die Wahrheit dennoch nicht egal.

- VIERZIG -

Etwas an dem Gespräch mit meiner Schwester neulich (*Mar, ich habe aufgehört!!!*) hat mir überhaupt nicht gefallen. Ich konnte nur immer nicht genau bezeichnen, was es war. Aber als ich vorhin unter der Dusche stand, wusste ich es plötzlich.

Ich rufe Reva an.

«Und?», frage ich. «Wie geht's?»

«Noch immer nicht gekotzt!», ruft sie froh. «Schon mehr als eine Woche.»

«Und auch immer noch keinen Hunger?»

Das war's.

Dass sie keinen Hunger hatte.

Bei Reva ist es immer alles oder nichts. Entweder sie isst mit Freund P. einen ganzen Apfelkuchen und danach noch acht Cracker mit Erdnussbutter und ein ganzes Pfund Joghurt mit Honig und Banane, woraufhin sie alles wieder herauswürgt und noch mehrmals von vorn beginnt, oder sie isst überhaupt nicht.

«Nein! Ich habe schon zwei Kilo abgenommen.»

«Fein. War sicher auch notwendig, was, ein paar Kilo runter?», frage ich sauer.

«Also Mar, echt, … (laber, laber, laber …) Von Essen und Kotzen wird man nicht dünn.»

Das hat sie mir früher schon erklärt.

«Du brauchst auch nicht dünn zu sein, du Schaf!», schreie ich.

Danach versuche ich ihr klarzumachen, was ich mir unter der Dusche überlegt habe.

«Du fühlst dich immer noch entspannt? Und ruhig im Körper?», frage ich.

Ja. Erstaunlich, aber wahr. Sie fühlt sich TOP. Aber das war ja auch nicht so schwer, denn sie hat die ganze Woche bequem auf der Couch gelegen und ferngesehen. Sie musste nichts.

«Am liebsten würde ich mich immer so ruhig und entspannt fühlen.»

«Dann solltest du ins Kloster gehen», sage ich. «Oder dich einbalsamiert in eine Pyramide legen lassen.»

«Wie meinst du das?»

«Wann musst du wieder spielen?», frage ich, um zu beweisen, dass ich recht habe.

«Ja … in drei Tagen», sagt sie irritiert. «Mar, halt die Klappe, daran will ich jetzt noch nicht denken.»

«Denn dann wirst du nervös und gestresst und dann ist das *Zen*-Gefühl plötzlich im Eimer, und was dann?»

«Das werde ich dann sehen!», kreischt sie. «Lass mich in Ruhe! Gönne mir einfach mein Glücksgefühl! Du glaubst nicht an mich!»

Ich glaube sehr wohl an sie.

Aber nicht an die Art und Weise, in der sie ihr Leben führt.

«Weißt du, Reef, du erinnerst mich glatt an Papa mit seinen uferlosen Depressionen. Du bist um kein Haar besser als er», sage ich in sehr unfreundlichem Ton. «Nein … ich lüge. Du bist noch viel schlimmer als Papa. Denn er hat wenigstens versucht, sich ein Leben aufzubauen. Er ist eine Beziehung mit Mama eingegangen und hat sich bemüht, sie zu lieben und bei ihr zu bleiben. Er hat Kinder mit ihr bekommen, weil sie das so gern wollte. Er hat schon dreißig Jahre denselben Job, den er nicht mag, den er aber nicht aufgibt, damit er seine Familie weiter versorgen kann.» Ich halte kurz inne, um ihr Zeit zum Reagieren zu geben.

Sie reagiert nicht.

Das macht mich noch wütender, als ich schon bin.

«Du fängst ja gar nicht erst an!», schreie ich. «Du versteckst dich in deiner Höhle. Du machst nicht mit. Du wartest einfach, bis alles vorbei ist. Feigling!»

Nachdem ich aufgelegt habe, leere ich allein eine (bereits angebrochene) Flasche Wein. Ich trinke nie. Vincent ist nicht zu Hause, ich weiß nicht, was ich mit mir anfangen soll.

Ich denke an das Gedicht, das ich schrieb, um mich von Reva zu lösen, als sie noch in der Anstalt saß. Ich kann es auswendig. Es ist wie ein Mantra für mich.

Wir waren zwei durch lange Zeiten,
bis du gingst und
ich dich verließ.
Tschüss, liebe, komplizierte Schwester,
du bist so toll
und fühlst dich mies.

Tschüss Mädchen, tschüss, verletzter Falter,
tschüss, abgehärmte alte Frau,
ich würde es so gern für dich tun,
doch das geht nicht und darum: tschau.

Tschüss Freundin, sterbensmatter Vogel,
Blume, die keine Blüten hat,
ich muss mit meinem Leben weiter,
fühlt es sich auch an wie Verrat.

Wir waren zwei durch lange Zeiten,
bin eine Weile schon allein,
tschüss Wunderkind, tschüss, mein Dornröschen,
tschüss, allerliebster Mühlenstein.

Aus dem Mädel wird einfach nie was.
Ich gebe es auf.

– EINUNDVIERZIG –

Um sieben Uhr morgens ruft sie zurück.

«Ja. Ich bin's», sagt sie mit einer Grabesstimme. «Du hattest recht. Glückwunsch. Und ganz herzlichen Dank auch.»

Meinetwegen hätte sie die ganze Nacht über die «anstehenden Vorstellungen» und ihre Zukunft nachgegrübelt. Und ein Riesenbedürfnis nach einer Essattacke in sich aufsteigen gefühlt. Das hieß: Sie bekam wieder dieses nagende Mistgefühl im Magen, das sie immer für Hunger hält, «aber vielleicht ist es auch nur Stress». Stress, dem sie normalerweise mit einer Essattacke zu Leibe rückt.

«Und was hast du dann gemacht?»

Sie hatte nicht gegessen. «WEIL ICH ZUFÄLLIG AUSSER APFELSINEN NICHTS IM HAUS HATTE», brüllt sie wütend. Sonst wäre es sicher schiefgegangen.

Sie hatte Jorinde angerufen, ganz nach dem Code der Therapiegruppe: «Wenn ihr es schwer habt: ruft euch gegenseitig an, notfalls mitten in der Nacht» (offenbar haben die Mitglieder der Therapiegruppe keine regulären Jobs), war danach im Stockdunkeln an Amstelufer entlanggegangen, und als sie wieder zu Hause war, hatte sie laut in ihr Kissen geschrien. Sich nicht übergeben. Endlos geduscht. Sich noch immer nicht übergeben. Gelesen. Mich angerufen.

«Sieh an. Das finde ich wirklich stark», sage ich. Es ist mein Ernst. «Und nun?»

Ja. Was nun.

Darüber hatte sie die ganze Nacht nachdenken können. Meinetwegen. Weil ich es für nötig befunden hatte, ihre Ruhe zu stören.

«Aber du verstehst doch auch, warum?», frage ich.

«Ja-ha!», unterbricht sie mich schwer irritiert. «Aber denk nur nicht, ich würde mich darüber freuen!»

Das denke ich weder, noch kümmert es mich überhaupt.

«Was hast du dir überlegt?», frage ich.

«Ich bin nicht selbst darauf gekommen, ich habe es aus meinem Buch.»

«*Die Welt ist eine Hölle*», rate ich.

«Nein. Ein anderes Buch von demselben Autor», sagt sie. Schopenhauer, ihr Guru. «Er sagt, dass es für das Glück des Menschen nötig ist, *etwas zu tun, zu unternehmen oder zu lernen.*»

Auch wenn ich kein Schopenhauer-Fan bin (soweit ich ihn kenne, und das ist nicht weit), aber in dieser Hinsicht bin ich ganz seiner Meinung. Ich habe es Reva übrigens schon sehr oft selbst gesagt. Dass sie irgendwas *tun* soll. Ich sehe es bei allen Sonderschülern, die ich unterrichte, dass genau das sie glücklich macht. Und wenn sie nur einen Nagel in ein Stück Holz schlagen oder einen Gartenzaun anstreichen.

Im Fall meiner Schwester meinte ich mit *etwas tun*: ein Stück kreieren, denn davon wird *sie* glücklich. Aber ich verstehe, dass Reva der Sinn jetzt nicht danach steht; sie hat sich gerade erst eins ausgedacht und das spielt sie noch immer.

Für jetzt hat sie geplant, ihr Zimmer zu renovieren, und bittet mich in zwingendem Ton, ihr dabei zu helfen.

«Jorinde hat wohl keine Zeit?», schlussfolgere ich.

Sie will Jorinde nicht damit belästigen. «Die hilft mir nämlich schon sehr oft, und außerdem malst du doch gerne.»

– ZWEIUNDVIERZIG –

Wenn ich behaupte, gerne zu malen, dann meine ich, dass ich gerne *Bilder male*. Türen und Fensterrahmen male ich ÜBERHAUPT NICHT GERNE an. Das ist nämlich eine Riesen-Drecksarbeit. Ich mache es zwar ab und an, aber nur, wenn es wirklich sein muss.

Und während ich drei alte Farbschichten von Revas Zimmertür herunterkratze, frage ich mich laut, woher in diesem speziellen Fall eigentlich das Gefühl kommt, dass es sein *muss*.

«Alles, was du für einen anderen zu tun glaubst, tust du letztendlich für dich selbst», sagt Reva munter.

«Hä?»

«Sonst würdest du es nicht tun.»

«Das heißt, wenn ich mir beim Renovieren deines Zimmers eine Schulterverletzung zuziehe, dann tue ich das für mich …?», frage ich etwas beleidigt.

«In erster Linie ja. Sagt Schopenhauer, weißt du?»

Der schon wieder. Schopenhauer. *Die Welt ist eine Hölle* liegt noch immer neben ihrem Bett. Es ist eine Art Bibel für sie. Als ich neulich fragte, ob sie es denn noch immer nicht aushätte, antwortete sie, sie fange immer wieder von vorn damit an.

«Aber was bringt einem das denn, außer einem verrenkten Nacken?»

Darüber muss sie kurz nachdenken.

«Vielleicht hoffst du, dass ich dich dann noch mehr lieben werde. Und das gibt dir ein gutes Selbstgefühl.»

«Aha. Und? Habe ich es geschafft? Liebst du mich jetzt noch mehr?»

«Ich liebe dich am allermeisten. Mehr ist unmöglich.»

«Dann kann ich das hier ja ebenso gut sein lassen!», sage ich und werfe meinen Kratzer in einen Eimer.

«Es wird auf einmal ein ganzes Stück weniger», kreischt sie. «Mach schnell weiter mit der Tür!»

Ich gehe in die kleine Küche, um Kaffee zu machen. Reva, die gerade dabei war, die Tapete von der Wand zu reißen, macht auch sofort eine Pause. Wenn ich nichts tue, braucht sie es auch nicht.

«Was bedeutet lieben eigentlich für dich?», frage ich, als wir mit einer Tasse Kaffee nebeneinander auf dem Boden sitzen.

«Das ist eine Fangfrage, nehme ich an. Oder kann ich was dabei gewinnen?»

Es ist keine Fangfrage. Ich bin wirklich neugierig auf ihre Antwort.

«*Ich liebe Mangos* bedeutet: *Ich esse gern Mangos*», sagt sie nach kurzem Nachdenken. «Und *Ich liebe meine Schwester* bedeutet: *Ich habe sie gern um mich.*»

«Damit sie mir zuhören kann.» Ich nicke verstehend.

«Ja.»

«Und für mich sorgen kann.»

«Ja.»

«Denn das tut meine Schwester gern, für mich sorgen. Das bringt ihr etwas …», sage ich.

«Ja», bestätigt sie. «Denn solange meine Schwester für mich sorgen kann, braucht sie es nicht für sich selbst zu tun.»

Autsch.

Ich stehe auf, um zur Toilette zu gehen.

Und um meine Wut zu verbergen, die ich selbst nicht so ganz begreife.

«Also deinem Schopenhauer zufolge sind wir alle ein Haufen Egoisten?», frage ich, als ich schon wieder eine Weile Farbe abgekratzt habe.

«Ja. Das sagt er. Egoismus ist die wichtigste Triebfeder des *Willens zum Leben.*»

Triebfeder.

Des Willens zum Leben.

Ich kann mir etwas darunter vorstellen. Sehe sofort eine Gruppe ausgehungerter Löwen in einer Folge von *Planet Earth* vor mir, die ein Zebra auffressen.

«Aber ist die Menschheit denn nicht auch zu etwas Gutem imstande?»

«Doch. Manchmal gibt es die reine Güte, und die entspringt Schopenhauer zufolge immer dem Mitleid. Dabei wird die Schranke zwischen dem *Ich* und dem *Nicht-Ich* möglichst aufgehoben», sagt sie.

«So wie bei dir und mir.»

Hm …

Dies ist sicher nicht der geeignete Zeitpunkt, ihr zu erzählen, dass ich schon eine ganze Weile dabei bin, diese *aufgehobene* Schranke zwischen ihr und mir wiederherzustellen, und zwar wegen dieser üblen Bemerkung der Studienbegleiterin: *Warum hast du es nötig, deine ganze Energie in das Wohlergehen deiner Schwester zu stecken?* Die mich regelmäßig zum Grübeln brachte und zu dem Schluss hat kommen lassen, dass es genau aus dem Grund ist, den meine Scheißschwester gerade vorhin ausgesprochen hat:

Für sie zu sorgen ist eine stellvertretende Form, für mich selbst zu sorgen.

Solange ich mit ihren Problemen beschäftigt bin, brauche ich über meine nicht nachzudenken.

«Für mich ist er nach wie vor ein Miesepeter, dein Schopenhauer», meckere ich.

«Sein Vater hat Selbstmord begangen, weißt du», sagt sie plötzlich. «Das hat seine Einstellung zum Leben vielleicht etwas beeinflusst.»

Ich verschlucke mich an meinem Kaugummi. Infolge ihrer unvorstellbaren Naivität.

«Vielleicht», wiederhole ich hustend. «Ja, Reef, was meinst du: Könnte das sein?»

Sie schaut mich fragend an.

«Dass der Selbstmord des Vaters die Lebenseinstellung des Sohnes etwas beeinflusst hat …?»

Sie kann nicht darüber lachen.

– DREIUNDVIERZIG –

Nach dem Malwochenende ist mir vorübergehend nicht nach meiner Schwester.

Und was ich in meinem ganzen Leben noch nie übers Herz gebracht habe, tue ich jetzt gleich mehrmals hintereinander. Ich hebe nicht ab, wenn sie mich anruft. Und ich rufe sie nicht zurück.

Eines Abends steht sie plötzlich vor unserer Tür und fragt für ihre Verhältnisse äußerst brav, ob sie hereinkommen darf. («Ich muss kurz reinkommen, Mar.»)

Nein, Butterbrote braucht sie nicht.

Auch keinen Tee.

Sie will nur kurz mit mir reden.

«Er war bei mir …», sagt sie.

«Wer?»

«Papa.» Sie seufzt. «Er hat die Dachrinne repariert und die Rauchmelder angebracht.»

Schau an.

So ist unser Vater auch. Eine Woge warmer Gefühle durchflutet mich. Er hilft uns immer beim Umziehen, beim Anstreichen und Tapezieren, beim Anschließen von Maschinen und Reparieren von Sachen. Und er bezahlt alles, soweit es innerhalb seiner Möglichkeiten liegt. Auf diese Weise sorgt er für uns. Das ist wirklich eine klasse Seite unseres Vaters.

«Und er hat es wieder gesagt.»

«Was hat er wieder gesagt?»

«… ‹*Vielleicht sollte ich allem besser ein Ende setzen.*›»

Verdammt.

Dieser Arsch.

Er weiß genau, zu wem er so etwas sagen kann und zu wem nicht. Mir braucht er mit diesem Blödsinn nicht zu kommen.

«Und was hast du geantwortet?», frage ich irritiert, als wäre es ihre Schuld, dass er sie damit behelligt.

«Nichts. Er tat mir leid, aber ich wurde auch wütend. Und gesagt habe ich nichts.»

«Sehr gut.»

«Wie meinst du das?»

«Gut, dass du wütend geworden bist», sage ich.

«Wieso?», schnauzt sie mich an. «Es war unheimlich traurig. Und ich habe überhaupt nichts gesagt. Wie kannst du das denn gut finden?»

Ich werde plötzlich rasend.

«Es ist nicht deine Aufgabe, ihm zu helfen!», schreie ich sie an. «Und außerdem: Er lässt sich nicht helfen! Nicht von dir! Das musst du doch irgendwann mal einsehen!» Ich schreie immer lauter. «Du versuchst es immer wieder, Reef! Hör doch endlich auf damit! Er lässt sich nicht trösten, er lässt sich nicht helfen, er will nicht glücklich sein UND ER WILL DEINE FREUNDSCHAFT NICHT!»

Ich sehe sie wieder vor mir, die Szene während der Familientherapie bei Bert. Wie er sie abweist. Wegschiebt. Nicht haben mag. Als ob er mich wegschiebt. Mir klarmacht, dass ich ihm nichts bedeute. Als ob er mir über sie wehtut.

Vincent, der gerade in der Küche abwäscht, muss kommen und mich beruhigen.

«Hast du gekotzt, als er weg war?», frage ich Reva, als ich wieder normal reden kann.

«Er ist gerade erst fort. Ich habe dich angerufen, aber du bist nicht rangegangen. Da bin ich zu dir gekommen.»

Sie weint.

Weil unser Vater nicht imstande ist, Freundschaft mit uns zu schließen.

Weil wir nicht imstande sind, diese Mauer aus Anspannung zu durchbrechen, hinter der er sich verschanzt.

Weil er überhaupt keine Freunde hat.

«Aber Mar, *wir* hätten doch seine Freunde sein können ...?» Sie klingt fast schon flehend.

Ich fühle mich auf einmal todmüde.

«Nein Reef, das konnten wir nicht», sage ich. «Das hat sich doch wohl gezeigt, oder?»

Vincent, der sich bisher aus unserem Gespräch herausgehalten hat, setzt sich neben meine Schwester auf die Couch und legt seinen Arm um sie. Was mich freut, denn ich bringe es irgendwie nicht fertig.

«Dein Vater steht nicht alleine da, Reva», sagt er. «Er hat deine Mutter. Seine Einsamkeit ist nicht dein Problem.»

Ich verstehe nicht, wie er das macht, aber Vince denkt immer nur eine Sache gleichzeitig. Nicht wie Reva und ich hundert Sachen durcheinander. Bei ihm ist ein Gedanke eine logische Fortsetzung des vorherigen. So wird die Welt ein Stück übersichtlicher, wenn Vincent in der Nähe ist.

Reva hört auf zu weinen. Sie wiegt ihren Oberkörper vor und zurück.

Nach einer Weile setzt sie sich aufrecht hin und schaut mich an.

«Er liebt uns nicht, oder?», fragt sie.

Genau.

Das ist unser Problem.

Aber ich bin mir nicht sicher.

Ich weiß nicht, ob unser Vater uns liebt. Ich muss sehr lange darüber nachdenken.

Vielleicht nicht.

Wenn lieben bedeutet: *jemanden gern um sich haben,* dann liebt er uns nicht.

Und wenn es ein Synonym ist für: *jemandem den Raum geben, den er braucht,* auch nicht.

«Er ist wohl stolz auf dich …», versuche ich vorsichtig.

Ich weiß, das ist nicht dasselbe. Aber trotzdem.

Es hat wirklich etwas Liebes, wie mein Vater nach ihren Vorstellungen in der Schule oder im Theater dasteht und strahlt. Unabhängig davon, ob sie etwas Hässliches über ihn gesagt hat. Er freut sich aufrichtig und zeigt das deutlich. In solchen Momenten fällt plötzlich die Mauer weg und er ist einer von uns.

«Es liegt nicht an dir, Reef», sage ich schließlich. «Wirklich nicht. Wenn jemand dich nicht liebt, bedeutet das lediglich, dass er dich aus welchem Grund auch immer nicht lieben kann. Es bedeutet nicht, dass du keine Liebe verdienst.»

Nach einer langen Stille antwortet sie: «Mein Gehirn versteht, was du sagst. Aber der Rest meines Körpers kann es nicht glauben.»

- VIERUNDVIERZIG -

EPILOG

Zusammen mit meiner Schwester warte ich am Schalter der Fahrschule Kennedy in der Rijnstraat. Gleich bekomme ich meine erste Fahrstunde. Reva kommt mit. Wenn es ihr gefällt (womit sie wahrscheinlich meint: wenn ihr *der Fahrlehrer* gefällt), dann nimmt sie auch Fahrstunden. Denn ein Führerschein, das ist in ihren Augen doch der Gipfel des Erwachsenseins. Der krönende Abschluss einer Erziehung. «Dann ist man wirklich fertig.»

Paps bezahlt natürlich.

Reva hat die Fahrschule ausgesucht. Nach dem Namen. Der klingt vertrauenerweckend, meint sie. Lieber noch hätte sie eine Fahrschule Obama in der Obamalaan gehabt, aber die gibt es nicht. «Dieser Kennedy war nämlich auch so ein Leisetreter! Er konnte die Finger nicht von den Frauen lassen, und letzten Endes hat er auch keinen Strich gegen die Rassendiskriminierung getan.»

Als wir im Schritttempo an der Amstel vorbeifahren, höre ich plötzlich einen gequälten Schrei hinter mir und spüre Ellbogen und Knie im Rücken. Meine Schwester auf der Rückbank versucht, sich auf den Boden des Autos zu legen, was in einem engen Volkswagen gar nicht so leicht ist.

«Wie bitte?», fragt der Fahrlehrer.

«Brechmittel auf fünf nach eins!»

Ich muss auflachen. Reva und ich führen regelmäßig dieselbe Diskussion darüber, wie Militärs auf möglichst schnelle Weise angeben, wo sich die Gefahr befindet (Gefahr in Form feindlicher Angreifer). Unser Vater, der selbst nie gedient hat, lehrte uns, man müsste, wenn der Feind plötzlich auf der rechten Seite auftaucht, seinen Kameraden zurufen: «Feind auf drei Uhr!» Oder, noch kürzer: «Drei Uhr!» Was Reva zufolge vollkommen unlogisch ist, denn bei einer solchen Mitteilung muss sie erst mal «ganz lange» darüber nachdenken, welcher Zeiger mit drei Uhr gemeint ist, der große oder der kleine. «Also, da bin ich längst tot, bevor ich mir überlegt habe, ob ich jetzt geradeaus oder nicht doch nach rechts schießen muss.» Ihrer Meinung nach kann man die Richtung viel besser mit Umschreibungen wie *fünf nach eins, zehn nach zwei, Viertel nach drei, fünf nach halb sieben* und so weiter bezeichnen, das heißt mit Zeiten, an denen sich der große und der kleine Zeiger etwa in derselben Stellung befinden. Ich lache sie immer laut aus, wenn sie damit anfängt. Für mich ist das ein typischer Fall Revianischer Logik, wobei mir wiederum nicht die Logik des berühmten Schriftstellers Reve vorschwebt, sondern die meiner Schwester. Kein Mensch auf der Welt weiß bei *fünf nach halb sieben* schneller als bei *sieben* Uhr, welche Richtung gemeint ist. Keiner außer ihr.

Jetzt entdecke ich die Ursache ihrer Panik. Den DJ. Auf dem Fahrrad. Mittlerweile auf zehn nach zwei.

«Er hat ein neues traumatisiertes Küken hintendrauf», klingt es erstickt. Und danach höre ich Würgegeräusche. Ich erschrecke, sie wird doch nicht den tadellosen Golf der Fahrschule Kennedy vollreihern?

«Reef, musst du kotzen?», kreische ich panisch. Ich

weiß nicht, wie ich anhalten soll, und erst recht nicht, wie man dieses Auto an die Seite fährt; das hier ist meine erste Fahrstunde, ich darf lediglich lenken. Zum Glück tritt der Fahrlehrer auf die Bremse.

«Nein, fahr weiter!» ruft Reva. «Ich werde NIE MEHR kotzen, *remember*? Und sicher nicht zu Ehren eines megalomanen Pädos.»

Wir nähern uns dem Brechmittel. Mit einem zwanzigjährigen bildschönen und zweifellos schwer traumatisierten Küken hintendrauf.

«Soll ich ihn überfahren, Reef?», frage ich.

«Nein, bitte nicht», reagiert der Fahrlehrer erschrocken. «Bei dieser Geschwindigkeit kommt man gar nicht über ein derartiges Hindernis hinweg. Bei einer höheren Geschwindigkeit übrigens auch nicht. Damit holt man sich nur einen Blechschaden.»

Der DJ kann nicht Rad fahren, zeigt sich. Balancieren dagegen schon. Jeder andere wäre bei seinem Tempo längst umgekippt. Ich überhole ihn im Schritttempo, mühelos.

«Ein Hilfsmotor wäre kein überflüssiger Luxus», bemerkt der Fahrlehrer spitz. Ohne jede Zurückhaltung teilt er unsere Abneigung gegen den ihm unbekannten dicken Radfahrer. Wahrscheinlich aus wirtschaftlichen Erwägungen; Reva hat ihm erzählt, dass auch sie noch keinen Führerschein besitzt.

Ich höre noch immer Gurgelgeräusche hinter mir.

«Geht's?», frage ich, womit ich meine: LASS DAS!

Reva, die immer genau weiß, was ich meine, weil sie ein As im Ignorieren von Worten und im Heraushören von Absichten ist, entschuldigt sich. «Ja, tut mir leid, aber es muss sein», ruft sie zwischen zwei Würgern. «Sonst muss ich nämlich wirklich reihern. Habe ich in der Therapie gelernt.

Ganz laut schreien hilft auch. Aber das will ich euch nicht antun.»

Der Fahrlehrer verzieht keine Miene, womit er bei mir punktet und zweifellos auch bei meiner Schwester.

Als wir nach einer halben Stunde über Ouderkerk aan de Amstel am anderen Ufer nach Amsterdam zurückfahren, liegt Reva immer noch auf dem Boden des Golfs. Das kann nicht sehr bequem sein.

«Du kannst dich auch wieder normal hinsetzen», sage ich. «Er ist längst außer Sichtweite.»

«Nein, danke», sagt sie. «Ich warte lieber, bis wir bei der Fahrschule sind.»

«Willst du dich jetzt für den Rest deines Lebens vor dem DJ verstecken?», frage ich. Das Lenken fällt mir leicht, ich kann daneben einfach ein Gespräch führen, das gibt mir ein gutes Gefühl, ich bin eindeutig talentiert fürs Autofahren.

Jetzt höre ich eine ganze Zeit nichts. Offenbar muss meine Schwester lange über eine Antwort nachdenken.

Dann spüre ich an den Ellbogen und Knien in meinem Rücken, dass sie sich aufrichtet. Sie fragt, ob sie ihr Fenster öffnen darf, und bittet uns, die Ohren für ein Weilchen zu schließen. Leider ist das nichts, was ich mit dem Lenken eines Autos zu kombinieren verstehe. Aber meine Ohren sind gar nicht so wichtig, es geht vor allem um die des Fahrlehrers. Wenn ich einfach nur «weghöre», ist es in Ordnung.

Ich höre weg und dennoch ganz deutlich, was sie anschließend lauthals aus dem Fenster schreit.

«ICH BRAUCHE MICH FÜR NICHTS ZU SCHÄMEN!»

Das Fenster geht wieder zu und im Rückspiegel sehe ich sie zufrieden auf der Rückbank sitzen. «Weißt du, was das Lustigste ist?», fragt sie. «Ich bin gar nicht eifersüchtig auf dieses junge Huhn. Ich glaube, ich möchte noch nicht mal mit ihr tauschen.»

(Glaube.)

(*Noch nicht mal.*)

(!)

Bei der Fahrschule angekommen, vereinbart Reva gleich eine Probestunde.

«Es hat Ihnen also gefallen?», fragt der Fahrlehrer.

«Sehr», sagt meine Schwester.

«Wann musst du eigentlich zum Zahnarzt?», frage ich, als wir uns draußen verabschieden.

«Nächste Woche. Genau am Tag meiner ersten Fahrstunde», sagt sie fröhlich. «Dann habe ich einen Monat lang nicht gekotzt. Jedenfalls wenn ich es bis dahin durchhalte.»

Ja, richtig. Das war die Bedingung. Sich einen Monat lang nicht übergeben, erst dann würde der Zahnarzt anfangen, ihr ein «neues Gebiss» zu machen (laut meiner Schwester «der Gipfel des Altseins»).

Durchhalten, Reef.

Du schaffst das.

(Denke ich.)

Die Übersetzung dieses Buches wurde von der niederländischen Stiftung für Literatur gefördert.

Nederlands
letterenfonds
dutch foundation
for literature

Die Originalausgabe mit dem Titel *Kom niet dichterbij* erschien 2014 bei Uitgeverij Leopold in Amsterdam.

In diesem Roman ist auf S. 14 die erste Strophe von Jacques Brels *La chanson des vieux amants* aufgenommen, und auf S. 15 werden die ersten drei Strophen des Gedichts *Later* («Später») von Simon Carmiggelt zitiert.

1. Auflage 2016

ⓔ auch als eBook erhältlich

Verlag Freies Geistesleben
Landhausstraße 82, 70190 Stuttgart
www.geistesleben.com

ISBN 978-3-7725-2862-0

Umschlaggestaltung & Satz: Bianca Bonfert
Umschlagfoto: Marko Nadj/Trevillion Images
Druck: GGP Media GmbH, Pößneck
Printed in Germany